ESPOIRS

ET

SOUVENIRS

27362

DU MÊME AUTEUR

CARACTÈRES

ET

PORTRAITS CONTEMPORAINS

PRÉFACE

DE M. DE PONGERVILLE

—

PRÉFACE — DE L'ESPRIT — DE LA BÊTISE
DE LA CRITIQUE — DU MÉRITE DES FEMMES — DU GOUT
DE LA VERTU — DE L'ÉGOÏSME — DU BONHEUR
LA CONSIDÉRATION — DE LA MÉDIOCRITÉ — DE LA NOBLESSE

—

SATIRES

—

PROLOGUE — L'ESPRIT DES FEMMES — LE FAUX LUXE
LES JOURNALISTES LITTÉRAIRES — LA JEUNESSE DORÉE — LE THÉATRE
LA DANSE DES VIVANTS
LA POÉSIE DE L'AMOUR — LE BON MARCHÉ
LE LANGAGE D'AUJOURD'HUI
LES JOURNALISTES POLITIQUES — HYPOCRISIE ET INTRIGUE

Un beau volume in-8", format de luxe.

Caen, typ. F. Le Blanc-Hardel.

AMÉDÉE MARTEAU

ESPOIRS

ET

SOUVENIRS

POÈMES

Eau-forte de Lamy

PARIS

LIBRAIRIE DE L. HACHETTE ET Cie

BOULEVARD SAINT-GERMAIN, 77

M D CCC LXVII

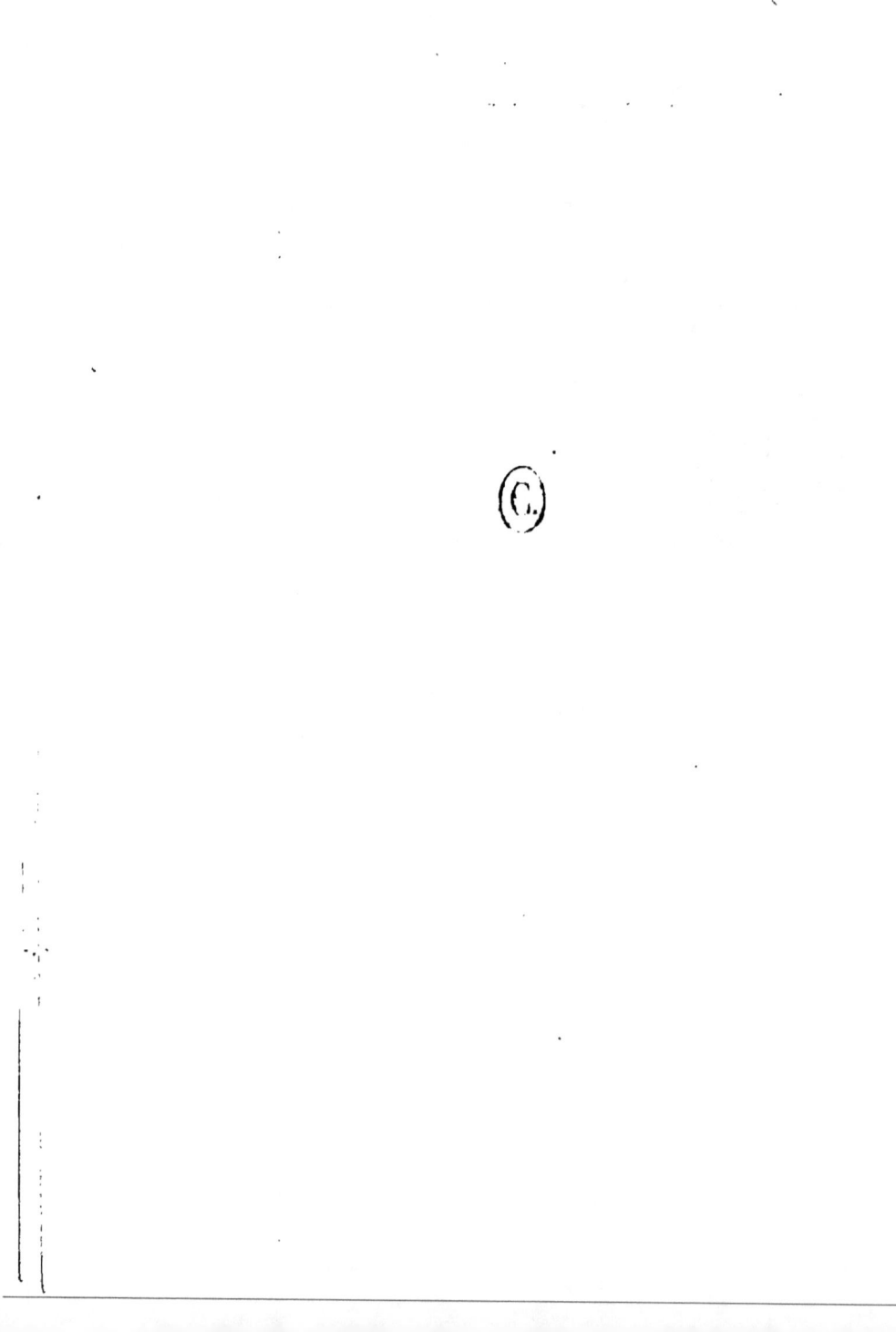

PRÉFACE.

ES *vers ? encore des vers ?— & pour qui donc écrivez-vous, mon cher ? — Pour qui ? pour moi, d'abord ; pour la fatiffaction intime de mon âme ! Il m'eft doux, il m'eft bon d'affujettir au rhythme d'un langage harmonieux les grandes &*

nobles idées, les aspirations qui agitent les con-
sciences pour qui l'au-delà est un problème sérieux !
J'écris aussi pour quelques lecteurs, en petit, en
très-petit nombre, je le sais. Mais, n'en eussé-je que
cent, je me tiendrai pour satisfait. Avoir cent
lecteurs avec lesquels on entre en communion in-
time, en l'âme desquels on éveille des désirs & des
sympathies, n'est-ce rien? Moi, je n'ai jamais eu
plus haute ambition. En ces jours où tant de litté-
rateurs se résignent au rôle de queue-rouge, se
démènent pour produire un peu de bruit, éditent
des livres qu'on rejette, après lecture, en haussant
les épaules, comme on se détourne d'un pitre, tout
honteux d'avoir ri de ses plates bouffonneries, n'est-il
pas salutaire que quelques-uns viennent & disent :
— Moi, j'écris pour cent lecteurs dont je veux que
mon livre devienne le compagnon & l'ami; & je les
préfère de beaucoup à ces milliers d'oisifs indiffé-
rents qui veulent être amusés, & qui jettent au vent

les feuilles du livre qui a rempli, auprès d'eux, cet office !

Quand un peintre fait un tableau, quand un artiste ciselle une coupe, quand un sculpteur taille, en un bloc de marbre, une déesse, ne savent-ils pas bien, l'un & l'autre, qu'ils ne seront point admirés par des milliers de personnes & qu'un petit nombre de gens intelligents apprécieront leur œuvre? Cela les empêche-t-il d'y mettre toute leur âme, tout leur génie, toute leur vie? L'artiste qui calcule le bénéfice n'est plus un artiste, c'est un industriel; grande est la différence. Et je tiens qu'on ne saurait avoir le dédain du succès de mauvais aloi, sans y joindre un peu le dédain des bénéfices que procure ce succès.

La poésie est le luxe de l'âme & de la pensée; la plus douce récompense du poète, comme de l'artiste

*c'eſt l'approbation des intelligences élevées avec leſ-
quelles il entre en communication. Je n'en ai jamais
rêvé d'autre. Voilà pourquoi j'ai écrit ce livre.*

Amédée MARTEAU.

Mars 1867.

LA POÉSIE.

A MADAME GEORGES SAND.

« On dit que la Poéſie ſe meurt; la Poéſie
« ne peut pas mourir! N'eût-elle pour aſile
« que le cerveau d'un ſeul homme, elle
« aurait encore des ſiècles de vie, car elle
« ſortirait comme la lave du Véſuve & ſe
« fraierait un chemin parmi les plus pro-
« faïques réalités. En dépit de ſes temples
« renverſés & des faux dieux adorés ſur
« leurs ruines, elle eſt immortelle comme
« le parfum des fleurs & la ſplendeur des
« cieux ! »

Georges SAND.

LA POÉSIE.

I.

SAINTE POÉSIE, ô doux tréfor de l'âme,
Fille aux chants infpirés, chafte & divine flamme,
    N'es-tu plus déformais
Qu'une fleur fans parfum & qu'une voix éteinte,
Et ce fiècle t'a-t-il, de fa brutale étreinte,
    Étouffée à jamais ?

Toi, dont les chants facrés ont bercé notre enfance,
Qui verfas la lumière aux fiècles d'ignorance,
      Et dans ces temps lointains
Où l'hiftoire fe perd, quand les peuples à peine
Bégayaient faiblement une langue incertaine,
      Devinas leurs deftins !

Toi, dont la voix fuave initia le monde
A la grande penfée, à tout ce qui féconde,
      A l'art, à la beauté,
Et la première, aux jours de fombre barbarie,
Aux mortels révélas l'amour & la patrie
      Et la Divinité !

Fille du ciel, crois-tu que la tâche eft finie ?
Vas-tu, quittant la terre où nous t'avons bénie
      Ceffer de l'éclairer ?

Et quand l'humanité fe lève & devient forte,
Toi feule, feras-tu la noble & grande morte
Qu'il nous faudra pleurer ?

II.

Non, tant que l'idéal agitera nos rêves,
Tant que la vafte mer careflera les grèves
Ou battra les rochers de fon flot écumeux !
Non, tant que le foleil répandra fur la terre
Ses torrents de chaleur, de vie & de lumière
Ou qu'il enflammera les horizons brumeux !

Tant que la nuit aura fa fplendide parure
D'aftres myftérieux & tant que la nature
Confervera fes fleurs & le ciel fon azur ;

Tant que le vague immenfe agitera notre âme,
Que de nobles défirs y naîtront; que la femme
Aura fon regard d'ange & fon fourire pur;

Tu ne périras point, ô fainte Poéfie!
Et fi ta fplendeur fut un inftant obfcurcie,
Si quelque fouffle impur l'a cachée à nos yeux,
Écartant de ton front ce voile de matière
Tu reprendras bientôt ta divine carrière,
Et réjouiras l'homme en lui parlant des cieux!

Tel, l'aftre du matin, parfois, aux temps d'orage,
Difparaît & s'abîme au fein d'un noir nuage!
L'œil en vain, pour le voir, interroge les cieux.
Mais l'aftre eft immuable & l'obftacle éphémère
Et bientôt, émergeant de la nue, à la terre
Apparaît plus brillant fon difque radieux!

III.

Un jour, tu t'es trompée, ô reine !
Quittant la région fereine
Et le féjour de l'idéal,
Délaiffant les élans fublimes,
Tu defcendis des hautes cîmes
Et brifas ton char triomphal !

Toi que le Seigneur a fait naître
Pour chanter les fplendeurs de l'Être
Et le rayonnant avenir,
Tu chantas la Mort & la Guerre,
Et pofant ton pied fur la terre,
Tu maudis au lieu de bénir !

Et lumière, tu devins ombre !
Tu regardas le paſſé ſombre,
Et par une fatale erreur,
Tu t'avilis, toi, l'Harmonie,
Au culte de la tyrannie
Et des combats remplis d'horreur !

Au lieu de la paix qui conſole,
Le glaive qui tue & déſole,
Hélas ! par toi fut exalté ;
Et tu méconnus ton grand rôle,
Et le ciel frappa ta parole
De honteuſe ſtérilité !

Et, comme la limpide étoile
Qu'un épais nuage nous voile,
Tu perdis ton rayonnement.

Mais nous te reverrons encore
Chaffant l'ombre, comme l'aurore
Chaffe la nuit du firmament !

Tu n'auras plus de flatterie
Pour ces fiècles de barbarie
Où la force faifait la loi !
Tu n'auras plus de chants épiques,
Pour ces maffacreurs héroïques
Couverts de fang, femant l'effroi !

Flétriffant la folie humaine
Qui vit de colère & de haine,
Et met fa funefte grandeur
Dans le deuil & les funérailles
Et fa gloire dans les batailles
Où la mort fauche avec ardeur !

Tu chanteras la paix féconde
Qui fait mûrir la moiſſon blonde
Aux vaſtes plaines qu'autrefois
Le fer & le feu dévaſtèrent,
Où des milliers d'hommes tombèrent
Pour la vaine injure des rois !

Tu nous diras les harmonies
Et les puiſſances infinies
Qui régiſſent les univers,
Qui font le calme & les tempêtes,
Et les ſoleils & les planètes,
Les doux printemps, les durs hivers !

Tes chants, dévoilant le myſtère,
Qui, dès longtemps trouble la terre,
Peupleront l'eſpace déſert,

Depuis l'étoile lumineufe
Jufqu'à la pâle nébuleufe
Qui dans l'immenfité fe perd !

Tu nous diras la loi fuprême,
Qui veut qu'on adore & qu'on aime !
La grande folidarité,
Qui fait une même exiftence
De tout ce qui vit & qui penfe,
Au ciel & dans l'humanité !

A l'homme tu diras encore,
En ta langue douce & fonore,
Qu'il n'eft point un être ifolé,
Faible & chétive créature
Perdue au fein de la Nature
Et fur un globe défolé ;

Mais que, fuivant un cercle immenfe,
En l'univerfelle exiftence
Il marche vers la vérité !
Et qu'il part des fombres abîmes
Pour atteindre aux fphères fublimes
Au fein de la Divinité !

Et tu lui montreras la voie
Où tout eft paix, amour & joie ;
Et ces horizons flamboyants
Où, dans la lumière célefte,
Dieu lui-même fe manifefte
Aux yeux éblouis des croyants !

SPERANZA.

A MADAME J. MICHELET.

« Virtutem, aut cerni non poſſe
« niſi habeat vitia contraria, aut non
« eſſe perfeƈtam niſi exerceatur ad-
« verſis. Deus, ergo, non excluſit
« malum ut ratio virtutis conſtare
« poſſit. »

LACTANCE, *Inſt. div.*

SPERANZA.

I.

 E ciel était couvert & la nuit était noire;
Et la bise, à travers les arbres dépouillés
Sifflait finiftre! Et moi, les cheveux tout mouillés
Par la brume, j'allais difant: Que faut-il croire?

Où donc eſt la lumière, où donc eſt la chaleur?
Le froid juſqu'à mes os pénètre & je friſſonne;
Mon regard ſonde en vain l'ombre qui m'environne,
Pourquoi la nuit, pourquoi le mal & la douleur?

Pourquoi les pleurs après la limpide eſpérance?
Pourquoi la chute après les rêves triomphants?
Pourquoi la pâle mort au front pur des enfants?
Pourquoi près d'un bienfait toujours une ſouffrance?

Eſt-ce une loi barbare? eſt-ce un cruel deſtin?
La lumière à jamais ne ſaurait-elle luire?
Eſt-ce un pouvoir en lutte avec Dieu pour nous nuire
Et pour empoiſonner la vie, amer feſtin?

Et de mes poings criſpés je me frappais la tête,
Implorant un éclair, cette ombre m'écraſait,

Comme un manteau de plomb la nuit fur moi pefait
Et je fentais gronder en mon cœur la tempête!

Homme, atome orgueilleux & chétif, où vas-tu?
Sais-tu pourquoi tu vis, pourquoi fous ton front blême
S'agite inceffamment ce terrible problême :
Qu'eft-ce que le bonheur? qu'eft-ce que la vertu?

II.

Fût-ce un rêve, un miracle ou vifion foudaine :
A mes yeux étonnés la nue à l'horizon
Se déchira pareille à l'épaiffe toifon
Que difperfe des vents l'impétueufe haleine !

Et le ciel apparut & dans le pâle azur
Wéga, l'étincelante étoile de la Lyre,

Wéga, parmi ſes ſœurs brillait comme un ſourire,
Et verſait dans la nuit ſon rayon chaſte & pur.

Et moi je contemplais le dévorant eſpace
Peuplé d'aſtres ſans nombre, aux doux rayonnements;
Le cœur plein de déſirs & plein d'étonnements
Je leur parlais diſant : Répondez-moi, de grâce,

Répondez : êtes-vous des mondes tout pareils
Au monde où nous vivons, où l'on ſouffre, où l'on pleure,
Où l'on doute, où le mal a placé ſa demeure,
Ou des ſéjours de paix, d'éblouiſſants ſoleils?

Alors il me ſembla que de la blonde étoile
Une figure vague, indéciſe, ſortait;
Puis ce fut une femme, une déeſſe; un voile
De lumière & d'azur autour d'elle flottait.

Et vers moi je la vis defcendre radieufe,
Son pied touchait au fol, fon front planait aux cieux;
Une lyre en fes mains vibrait mélodieufe,
Elle m'éblouiffait & je fermai les yeux.

Et puis il fe paffa quelque chofe d'étrange :
Je fentis fur mon front un frôlement pareil
Au foyeux frôlement de l'aile d'un archange,
Doux comme le baifer d'un rayon de foleil!

Je frémis au contact fuave de fa lèvre ;
Son haleine en parfums céleftes s'exhalait ;
Tout cela me donna comme un friffon de fièvre.
. . . J'écoutais, recueilli, la vifion parlait!

III.

Enfant, quelles fombres penfées
Roulent fous ton front foucieux ?
Sufpends ces plaintes infenfées,
Arrête & regarde les cieux !
De quoi te plains-tu ? de la lutte ?
Hélas ! il n'eft pas de milieu :
Ou plains-toi de n'être pas brute,
Ou plains-toi de n'être pas Dieu !

L'homme fouffre dès qu'il refpire...
Sais-tu ce que c'eft que fouffrir ?
C'eft s'élever ! qui fouffre afpire
Et monte ; & monter c'eft jouir !

Le mal! c'eſt l'ombre & l'ignorance ;
C'eſt le contraſte ! Saurais-tu
Le prix du bien , ſans la ſouffrance ?
Sans le vice , de la vertu ?

Sans le froid , pourrais-tu connaître
Le doux bienfait de la chaleur ?
Celui-là ſent-il le bien-être
Qui n'a pas connu la douleur?
Et quelle ſouffrance auprès d'elle
N'a ſon remède ? Au ſein des nuits
Jaillit la flamme & l'étincelle ,
Pour ta faim la terre a ſes fruits !

Si la nuit n'étendait ſes voiles ,
Du ciel ſaurais-tu les ſplendeurs ,
Irais-tu parmi les étoiles
Sonder ces vaſtes profondeurs ?

Tu fouffres, mais ton âme penfe ;
Aimerais-tu mieux du fommeil
Le repos & l'inconfcience
Que les grands troubles du réveil ?

Dieu feul eft égal à lui-même,
Lumière éternelle qui luit,
Splendeur immuable & fuprême,
Sans fin, fans contrafte & fans nuit !
Sans la douleur & fans la lutte
Tu ferais Dieu ! Que maudis-tu ?
Le triomphe eft près de la chute
Et du combat naît la vertu !

L'homme n'eft point, dès fa naiffance,
Tombé fous un arrêt fatal,
Né faible, il devra fa puiffance,
A fa lutte contre le mal !

Dieu veut qu'à fa propre victoire
Il doive fa félicité,
Et le triomphe a plus de gloire
Quand la vertu l'a mérité !

Le mal, c'eſt l'imparfait ; bien vivre
C'eſt le combattre & le dompter !
Chaque victoire te délivre
Et d'un degré te fait monter !
Mais celui-là qui , faible & lâche ,
N'a pas lutté , n'a pas vaincu,
Devra recommencer fa tâche ,
Comme s'il n'avait pas vécu !

Le chemin qui mène à la joie
Eſt plein de lumière & de fleurs ,
Et tu gémis quand Dieu t'envoie,
Ombres au tableau , quelques pleurs !

Bientôt va paraître l'aurore
Éblouiſſante de clarté,
Tes yeux contempleront encore
Les cieux en leur limpidité !

Ingrat, le printemps va renaître,
Et la terre refleurira,
L'oiſeau chantera ſur le hêtre
Et tout à l'envi ſourira !
Les champs reprendront leur parure,
La briſe ſa molle ſenteur,
Et toute voix dans la Nature
Dira ſon hymne au Créateur !

Tu jouiras mieux de ces choſes
Après les rigoureux hivers ;
Tu boiras le parfum des roſes
Dans leurs calices entr'ouverts ;

Enfant, tu ne faurais comprendre,
Un bonheur conftant & parfait :
Pour être heureux il faut apprendre,
La douleur même eft un bienfait.

N'as-tu pas la vafte penfée,
Plus rapide que les éclairs
Et qui déjà s'eft élancée
Du fond du fol, au fein des airs ?
N'as-tu pas feul la confcience
De ta vie & de ta raifon ;
Ne vas-tu point, par la fcience,
Sonder un immenfe horizon ?

N'as-tu pas l'amour qui féconde,
L'amour, ce grand foleil du cœur,
Après Dieu, créateur du monde,
Au fouffle puiffant & vainqueur ?

A*

Enfant, la Terre eſt ton domaine,
Que faut-il pour la tranſſormer ?
Écoute : il faut vaincre la haine,
Il faut croire, eſpérer, aimer !

Déjà l'humanité s'élève
Par un long & ſublime eſſor ;
Quelque haut que monte ſon rêve,
Dieu la mettra plus haut encor !
Il eſt, par-delà l'étendue,
Aux eſpaces éblouiſſants
Où ſe perd ta vue éperdue,
Des ſoleils doubles & puiſſants.

Là, les planètes ſe balancent
Comme des eſquifs enchantés
Parmi ces ſoleils d'où s'élancent
De reſplendiſſantes clartés ;

Là plus de nuits, là des jours rofes
Succèdent aux jours azurés;
Les fleurs y font toujours éclofes,
Les noirs foucis font ignorés !

Là, s'en ira la race humaine
Après qu'elle aura combattu;
Ces fphères feront fon domaine !
Ame inquiète, que veux-tu?...
Savoir pourquoi fur votre Terre
Dieu permet l'ombre & la douleur?
C'eft pour que l'homme y puiffe faire
L'apprentiffage du bonheur !

IV.

Elle fe tut; je dis : O vifion bénie !
D'où viens-tu, qui t'envoie? Et fa main fe pofa

Sur mon front, & fa voix dit : Je fuis le Génie
De l'Avenir, Enfant, mon nom eft Speranza!

Alors j'ouvris les yeux & je vis difparaître
La chafte vifion en l'efpace éthéré !
Une blanche lueur entourait tout mon être
Et je me regardai... j'étais tranffiguré !

CONVERSION.

« S'il eft vrai qu'au jardin facré des Écritures,
« Le Fils de l'Homme ait dit ce qu'on voit rapporté;
« Muet, aveugle & fourd au cri des Créatures,
« Si le Ciel nous laiffa comme un monde avorté ;
« Le Jufte oppofera le dédain à l'abfence,
« Et ne répondra plus que par un froid filence
« Au filence éternel de la Divinité ! »

Alfred DE VIGNY.

CONVERSION.

I.

Ɪ ʟs étaient là tous deux , mornes , filencieux
Et triftes! Le foleil, pourtant, du haut des cieux
Répandait des torrents de vie & de lumière ;
Du palais orgueilleux jufqu'à l'humble chaumière
Tout en était rempli; tout aimait, tout chantait,
La brife friffonnait dans les arbres; c'était

Joie & gaîté partout ! Eux feuls ils étaient fombres ;
On eût dit, à les voir, deux fantômes, deux ombres
Que la nuit oubliait parmi ces champs en fleurs :
Antithèfe vivante & pleine de douleurs !

L'un était un vieillard chétif, fec, à l'œil fauve,
Au dos voûté, laiffant tomber fon crâne chauve
Jufqu'au fol. Chancelant, le moindre coup de vent
Eût pu le renverfer ; c'était un vieux favant
Sans famille ; il avait confacré, folitaire,
Sa vie à rechercher les fecrets de la Terre
Sans élever jamais fes regards jufqu'aux cieux !
Et Dieu le condamnait, maintenant, faible & vieux,
Coupable adorateur de la feule matière,
A regarder fans ceffe, à fes pieds, la pouffière !

L'autre était un jeune homme, il n'avait pas trente ans,
Mais il fe croyait vieux & pour lui le printemps

Était muet ; fon front était chargé d'orages ,
Et comme un ciel d'été roulant de noirs nuages,
Il fecouait ce front d'où s'échappait l'ennui !
Son fourire était pâle, on preffentait en lui
Je ne fais quel dédain des chofes & du monde ,
Comme une laffitude incurable & profonde ;
Il femblait, à le voir, que l'abus du plaifir
Ne laiffait plus de place, en lui, pour le défir !

II.

Puis il dit au vieillard, qui n'y prenait point garde :
J'ai quarante ans de moins que toi, pourtant regarde,
L'âpre bife à mon front eft venue arracher
Des cheveux, par milliers ! Tiens, c'eft comme un rocher
Que l'Aquilon dénude & blanchit ; ma paupière
Se deffèche & mes os font durs comme la pierre !

Toi qui vécus longtemps, dis-moi, fais-tu, vieillard,
Ce que c'eſt que la vie ? Eſt-ce un jeu de haſard
Où l'un prend un bon lot, & l'autre un déteſtable ?
Pour moi, c'eſt une choſe étrange & lamentable !

J'en connais, cependant, qui se diſent heureux ;
J'ai fait pour l'être auſſi des efforts vigoureux !
On dit qu'il faut aimer ! j'ai connu par centaines
Des femmes, elles ſont ou coquettes ou vaines,
Et je n'ai jamais pu les aimer plus d'un jour !
Vieillard, dis-moi, fais-tu ce que c'eſt que l'amour ?
Moi je l'ignore. J'ai, pourſuivant ce vain ſonge,
Dix ans couru le monde, & partout le menſonge,
Partout l'hypocriſie ont frappé mon regard !
L'égoïſme eſt partout, l'amitié nulle part !

Alors, j'ai réſolu d'admirer la Nature ;
J'ai trouvé le ſerpent caché ſous la verdure,

Le poifon dans les fleurs ! La mer m'avait féduit,
J'aimais ce calme immenfe, &, dans la même nuit,
Dévorant, fans pitié, des milliers de victimes,
Elle engloutit deux cents vaiffeaux en fes abîmes !
Vous contemplez le ciel, l'ouragan tout à coup
Se déchaîne ! un agneau paît, foudain paffe un loup
Qui l'étrangle ; un lion mange le loup, & l'homme
Rencontre un peu plus loin le lion & l'affomme !

Un jour un philofophe, en je ne fais quel lieu,
Me dit : pour être heureux, il faut connaître Dieu
Et l'aimer ! Là-deffus, dans fa barbare langue,
Il me fit une belle & pompeufe harangue
Où je ne compris rien ! Et je ne fais encor
D'autres dieux parmi nous que la Force & que l'Or !
Ce Dieu puiffant et bon, ennemi du caprice,
Qui protége le faible & punit l'injuftice,
Je l'ai cherché longtemps, mais vainement ; vieillard,
Réponds, l'as-tu jamais rencontré quelque part ?

L'exiftence, à ce point, t'a-t-elle femblé belle
Que tu vives encor? Quelle douceur a-t-elle,
Quel charme y trouves-tu? Cela vaut-il, dis-moi,
Que j'y devienne vieux & caffé comme toi,
Vieil arbre inceffamment fecoué par l'orage?
Pour vivre fi longtemps, il faut un grand courage,
Et je fuis fatigué! rien ne me fourit plus!
Vainement je m'épuife en efforts fuperflus;
Un lourd ennui m'obféde & le dégoût m'irrite,
Ne vaudrait-il pas mieux m'en aller tout de fuite?

III.

Le vieillard ricanait & ne répondait rien;
Du bout de fon bâton, frappant un maigre chien
Qui fuyait en hurlant & revenait de même,
Il femblait méditer quelque lointain problème!

Enfin : —Quoi ! tu te plains, & tu n'as pas vécu :
La vie eft une lutte où le faible eft vaincu !
Que gagne, à ce combat, le fort ? la laffitude !
Tu veux favoir pourquoi je vis ? par habitude,
Comme ce vieux fapin qui végète en ce coin
Où le hafard l'a mis & dont nul ne prend foin !

Il parlait, & fa voix éclatait, aigre & grêle,
Comme le bruit ftrident & fec de la crécelle.
Il reprit : — J'ai cherché, le fcalpel à la main,
Pendant trente ans, penché fur le cadavre humain,
J'ai voulu découvrir la fource de la vie ;
Je l'ai, du crâne au cœur, ardemment pourfuivie,
Et je n'ai rien trouvé..! Mes yeux fe font ufés
A ce rude labeur, mes os s'y font brifés ;
A chaque fibre j'ai demandé l'âme humaine,
Toutes m'ont répondu que la matière eft reine.

On veut favoir comment l'homme penfe & pourquoi ?
C'eft fans doute en vertu de cette même loi

B

Qui, dans ce tronc noueux fait circuler la fève !
A chaque ordre nouveau l'organifme s'élève ;   .
Nous fommes mieux bâtis que ce chêne, voilà
Pourquoi nous penfons plus ; fi l'on donne à cela
Le nom d'âme , très-bien ; mais la Nature entière
Subit la même loi ! l'âme eft de la matière
Qui penfe, abfolument comme un rofier fleurit ;
Abattez le rofier & la rofe périt !

Vois ce chien, je le frappe, il s'enfuit ; je l'appelle,
Il revient ; crois-tu donc que d'une âme immortelle
Son corps foit animé ? C'eft une impiété
De le croire ; & pourtant la fenfibilité
Eft en lui , car il hait, il aime, il fouffre, il penfe !
Regarde, tout révèle en lui l'intelligence !
Que la Nature un jour donne à cet animal
La parole, auffitôt il devient notre égal !
S'il peut penfer fans âme, aimer, fentir, connaître,
C'eft donc que la matière a confcience d'être ?

Dieu ? c'eſt un rêve, un mot ; c'eſt un pur idéal
Qui n'exiſte qu'en nous ; c'eſt le terme intégral,
La réſultante, enfin, des forces naturelles.
La ſouffrance & la peur l'ont inventé ; pour elles ,
C'eſt un maître puiſſant qui venge et qui punit ,
C'eſt l'être au ſein duquel toute douleur finit !
Contre les forts, aux jours des triſteſſes amères ,
Les faibles ont bien pu ſe créer ces chimères ;
Mais les forts ont, bientôt les retournant contr'eux,
Au nom de ce Dieu même enchaîné les peureux.

IV.

C'eſt ainſi que tous deux, par différentes voies,
Touchaient au même point : l'un par l'abus des joies
Et l'autre par l'abus d'un travail obſtiné.
Leur âme était malade & leur cœur gangrené ;
Et tous deux exhalaient dans un langage impie
Leurs doutes, leurs dédains, leurs dégoûts de la vie !

A cet ordre immuable ils n'avaient rien compris;
L'univers était digne, au plus, de leur mépris...
Aveugles! cependant, ce jour-là la nature
A leurs yeux déployait fa plus riche parure.

C'était l'heure où déjà le foleil, fe penchant
Calme & majeftueux, embrafait le couchant !
Superbe, il fe plongeait dans la nue empourprée !
Tout était inondé de fa flamme facrée ;
Ses obliques rayons, comme des flèches d'or,
Gliffaient dans le feuillage, & defcendant encor
S'en venaient mollement, en lumineufes gerbes,
Expirer & s'éteindre au fein des hautes herbes!
Tandis qu'en mille feux l'Occident flamboyait,
Dans un azur profond l'Orient fe noyait.

Les ombres defcendaient, pâles, mélancoliques,
Sur les prés ; tout avait des grâces idylliques;
Dans les hêtres touffus babillait le pinfon,
Un ruiffeau murmurait à travers le gazon,

Et les faules pleureurs dans fon onde limpide
Se miraient! de grands bœufs paiffaient dans l'herbe humide.
L'iris bleu, le jafmin, le chèvre-feuille en fleurs,
Mariaient leurs parfums & leurs vives couleurs!
Sur terre amour & joie, au ciel azur & flamme.

.   .   .   .

Mais ce fpectacle-là ne touchait point leur âme!

V.

Tous les deux s'étaient tus, quand foudain à leurs yeux
Une femme apparut, légère & fouriante;
Elle femblait voler, car fon pied gracieux,
Sans la fouler, rafait l'herbe luxuriante!

Sa longue robe bleue autour d'elle flottait
A la brife, pareille à l'aile d'un archange;
Dans fon chafte regard le ciel fe reflétait,
Et fon fourire avait une douceur étrange!

C'était la poéfie & c'était la beauté,
Un de ces êtres purs, créatures bénies,
Que Dieu donne à la terre en un jour de bonté,
Pour révéler du ciel les grâces infinies !

Elle paffa près d'eux, dans un rayonnement
De fplendeur, laiffant comme un parfum d'ambroifie
Après elle ! Ce fut un éblouiffement ;
Et d'un profond refpect leur âme fut faifie !

Et le vieillard lui dit : — Jeune fille, où vas-tu,
Et qui donne à ton front l'air joyeux, je te prie ?

LA JEUNE FILLE.

Vieillard, je vais dans la prairie
Chercher la douce rêverie !
Et pourquoi montrerais-je un front trifte, abattu,
Quand mon âme eft épanouie
Devant le fpectacle impofant

Qu'en ce moment le Tout-Puiffant
Déroule à ma vue éblouie ?

LE VIEILLARD.

Qu'eft-il donc de fi beau dans tout ce que tu vois ?

LA JEUNE FILLE.

Tout eft beau, tout eft grand, vieillard, tout eft merveille ;
Et l'infecte qui dort, & l'oifeau qui s'éveille,
La brife qui gémit, là-bas, au fond des bois,
Et les champs pleins de fleurs, & le ciel plein d'étoiles,
Et la brume eftompant les monts de fes longs voiles,
Et les parfums de l'air & fes milliers de voix !

LE JEUNE HOMME.

Ce fpectacle toujours tout pareil à lui-même,
A mes regards jamais n'offre rien de nouveau,
Et ne laiffe après lui qu'indifférence extrême !

LA JEUNE FILLE.

Le grand eſt toujours grand & le beau toujours beau,
Et je vous plains, hélas ! vous qui ne ſavez lire
Au livre merveilleux devant vos yeux ouvert.

LE JEUNE HOMME.

Aux douceurs de l'été vient ſuccéder l'hiver ;
L'aquilon hurle après la briſe qui ſoupire.

LA JEUNE FILLE.

L'hiver n'a-t-il pas ſa ſplendeur ,
Sa poéſie âpre & ſauvage ?
Et même , quand gronde l'orage ,
Ne nous dit-il pas la grandeur
De cet être dont la puiſſance
D'un mot peut changer ce ciel bleu

En un embrafement immenfe
Où roulent des torrents de feu ?

LE VIEILLARD.

Enthoufiafte enfant, naïve créature,
Tu crois adorer Dieu, tu chantes la Nature.
Où donc vois-tu ce Dieu qui dicte ainfi fa loi ?

LA JEUNE FILLE.

Dieu? je le vois partout & je le fens en moi !
J'afpire à lui, je fens qu'il rayonne en mon âme
    Et l'univers entier proclame
    En lui fon efpoir & fa foi !
    Il vit dans la plus humble chofe,
    Tout révèle fa majefté !
La Nature eft l'effet, mais Dieu feul eft la caufe :
    Vieillard, adore fa bonté !

Elle parlait, fa voix aérienne
 En fons harmonieux vibrait
 Comme une harpe éolienne ;
 L'enthoufiafme refpirait
 En fa parole enchanterefse ,
 Et fon regard fuave & pur
 Defcendait, célefte carefse ,
 Sur ces deux hommes au cœur dur !

 Mais en des fphères inconnues
Déjà tous deux fe fentaient entraînés ;
Ils écoutaient, émus & fafcinés...
La douce voix femblait venir des nues.

*
* *

Vois-tu fur ce fable doré
Cet infecte aux brillantes ailes,

Aux reflets du ciel empourpré
Lancer des milliers d'étincelles?
Qui le fait ainſi? le ſoleil?
Mais qui donne au ſoleil ſa flamme?
Vieillard, ton deſtin eſt pareil;
Sais-tu qui t'a donné ton âme?

Sais-tu qui donne à cette fleur,
Devant nos yeux épanouie,
Et ſon parfum & la couleur
Par qui ta vue eſt réjouie?
Qui donne au printemps la chaleur?
A cette onde la tranſparence?
Et, dans les jours d'âpre douleur,
Qui fait naître au cœur l'eſpérance?

Qui donne à tout le mouvement;
Quelle force ſuſpend les mondes

Qui vont roulant au firmament
Dans les folitudes profondes?
D'où vient que ces mondes divers
Ne fortent point de leur orbite?
La grande loi des univers
De quelle main fut-elle écrite?

Quand la nuit, au ciel azuré,
A déployé fes fombres voiles,
Vieillard, as-tu parfois erré
Aux champs lumineux des étoiles?
As-tu fondé les profondeurs
De l'efpace incommenfurable?
As-tu contemplé les fplendeurs
De cet ordre immenfe, adorable?

As-tu renoué quelquefois
Cette chaîne étrange, admirable,

Qui va, foumife aux mêmes lois,
De Sirius au grain de fable?
Pour moi, mes yeux fe font ouverts,
J'ai vu la puiffance infinie
Qui diftribue aux univers
Leur majeftueufe harmonie!

J'ai fenti mon cœur, à l'afpect
De ces fplendeurs inénarrables,
Saifi d'amour & de refpect!
Dans les efpaces immuables
J'ai cherché Dieu pour l'adorer!
A qui le cherche, à qui l'appelle,
Vieillard, il daigne fe montrer:
L'univers entier le révèle!

Orgueilleux, l'homme veut pouvoir
Expliquer les caufes premières,

Et fon œil même ne peut voir
Ces refplendiffantes lumières !
Ce n'eft point en heurtant le fol
Que jaillira la fource pure :
Que l'homme au ciel prenne fon vol,
Et qu'il contemple la nature !

Il verra Dieu, le fentira ;
Dieu n'eft point un chétif problème
Que la fcience expliquera :
On le fent en fon âme, on l'aime !
Le mal, qui vous fait nier Dieu,
N'eft que dans les chofes infimes !
Vous regardez la terre, au lieu
D'admirer les chofes fublimes !

Non, Dieu n'eft point l'auteur du mal ;
C'eft l'homme, en fa trifte ignorance,

Qui, fuivant un chemin fatal
Sur terre a créé la fouffrance !
Imprévoyant, il a laiffé
Naître la famine & les peftes ;
Orgueilleux, il a careffé
Mille divinités funeftes !

Mais ces fléaux difparaîtront
A l'heure efpérée & bénie
Où tous les hommes connaîtront
Enfin la célefte harmonie !
Regardez, aimez, ayez foi !
Aimer, c'eft voir Dieu, le connaître ;
Aimer, c'eft la fuprême loi,
C'eft être heureux ; aimer, c'eft ÊTRE !

VI.

La vierge s'était tue ; il leur femblait encor
Entendre retentir de fublimes cantiques ;
C'était comme le fon lointain de harpes d'or,
        Empliffant l'air de chants épiques !

Elle était rayonnante , elle refplendiffait ,
Son front femblait toucher à la voûte azurée ;
Son œil étincelait , fa lèvre frémiffait ,
        Elle s'était tranffigurée !

Tous deux étaient tremblants. L'homme jeune fentait
Son horizon grandir ; il fentait en fes veines
Couler un fang plus pur & fon âme montait
        Vers des régions plus fereines !

Il naiſſait à la vie, il naiſſait à l'amour ;
Ses yeux s'étaient ouverts ; il contemplait, avide,
La beauté de la vierge & la beauté du jour ;
  Il ſe ſentait humble & timide !

Il lui ſemblait ſortir d'un long ſommeil ; cent fois
Il regarda le ciel, il regarda la terre ;
Puis, tombant à genoux, d'une tremblante voix
  Il murmura cette prière :

 « Je crois en toi, je crois en Dieu ;
 « Archange, déployant tes ailes,
 « Veux-tu m'emmener au ciel bleu
 « Parmi les ſphères éternelles ?
 « Je crois en toi, je crois en Dieu,
 « Archange, ouvre tes blanches ailes...! »

Il pleurait, & le front vers la terre penché
Adorait cette enfant & ſi pure & ſi belle ;

Elle le regardait, & fon cœur fut touché :
  « Aimez & vous vivrez, dit-elle ! »

Puis elle fe fauva ! Le vieillard effayait
De fourire & difait : « C'eft une étrange chofe,
J'ai failli m'émouvoir ! » — Et fa main effuyait
  Une larme à fes cils éclofe !

Mais ils étaient vaincus, car ils avaient aimé !
Ils fentaient, ils voyaient ; l'amour & l'innocence
Ouvraient pour eux le ciel que leur avaient fermé
  Le fcepticifme & la fcience !

EXCELSIOR !

« Ceux qui vivent, ce font ceux qui luttent ; ce font
« Ceux dont un deffein ferme emplit l'âme & le front ;
« Ceux qui d'un haut deftin graviffent l'âpre cîme ;
« Ceux qui marchent penfifs, épris d'un but fublime

. . . .

« Ceux dont le cœur eft bon, ceux dont les jours font pleins.
« Ceux-là vivent, Seigneur, les autres je les plains ! »

Victor Hugo.

EXCELSIOR !

I.

 UE d'autres, convoitant les honneurs, la richeſſe,
Se dévorent entr'eux, s'arrachent ſans pitié ;
Moi, je pourſuis un but plus noble : la ſageſſe,
Et je cherche le beau, l'amour & l'amitié.

J'ai voulu, dépouillant mon cœur de toute envie,
Pofer une limite à mon ambition !
Au rêve, à l'idéal j'ai dévoué ma vie,
Le flambeau qui l'éclaire a nom : Affection !

Je laiffe à qui voudra cette ardeur infenfée
D'entaffer or fur or, de briguer le pouvoir ;
Je veux vivre furtout par l'âme & la penfée,
Dans ma fphère je veux, à l'aife, me mouvoir,

Je veux m'appartenir, & l'on n'eft plus foi-même
Quand la foif des grandeurs & quand la foif de l'or
Vous tourmente ! le front devient livide & blême
Et l'efprit alourdi ne peut prendre l'effor !

Qu'importe à celui-là de qui l'âme s'élève
Dans les rayonnements des céleftes fplendeurs ;
Qu'importe à celui-là qui contemple, aime & rêve,
Dont le cœur eft en proie aux fublimes ardeurs.

Qu'importe un vain lambeau d'éphémère puiffance
Sur les hommes ? qu'importe un peu d'autorité ?
Qu'importe l'orgueilleufe & trifte jouiffance
Que donne ce pouvoir trop fouvent détefté ?

Qu'importe, à fon collet, l'or & les broderies
A qui prend chaque jour place au banquet divin ?
Qu'importe le futile éclat des pierreries
A qui s'eft fait du ciel un radieux écrin !

II.

Ce n'eft pas que mon cœur ou réprouve ou détefte,
La noble ambition, le travail & l'effort :
Ce que je hais, c'eft cette ambition funefte,
Aviliffante au faible & corruptrice au fort ;

C'eſt ce travail de taupe, obſcur, qui ne profite
Qu'à ſon propre ouvrier ; c'eſt l'âpre avidité
Qui tourmente le cœur de tant d'hommes, l'agite
Et lui fait oublier juſqu'à ſa dignité !

Mais cette ambition fière & grande, qui porte
Les hommes au travail utile ; qui produit
Le bien-être & la paix ; cette ambition forte
Qui cherche la lumière & que le beau ſéduit ;

Ce travail dont le but eſt d'agrandir la ſphère
Où vit l'humanité, d'ouvrir à ſes regards
Des horizons nouveaux, de tranſformer la terre,
D'arracher l'ignorance à ſes derniers remparts ;

De rendre l'homme libre & maître de lui-même ;
D'élever ſes penſers, d'adoucir ſes douleurs ;
De faire éclore aux champs & les fruits & les fleurs ;
Voilà ce que j'admire & voilà ce que j'aime !

Et je plains qui s'en va, les yeux fixés au fol,
Qui vit & meurt pareil à la bête de fomme,
Sans que jamais fon âme au ciel ait pris fon vol...
Car ce n'eft qu'une brute & ce n'eft point un homme!

III.

Plus haut, plus haut encor, plus haut, toujours plus haut!
La matière réfifte & protefte, qu'importe!
L'efprit crie & répète : il faut monter, il faut
Efcalader le ciel & c'eft lui qui l'emporte!

L'efpace eft infini, le temps eft éternel,
Lance-toi dans l'efpace, ô mortel! ta penfée
Ne fe heurtera pas aux limites du ciel,
Et la Divinité n'en peut être offenfée!

B*

Tu vaux par l'efprit feul , par lui , fache-le bien !
Si ton corps eft captif, que ton efprit s'élève !
Dieu même à tes élans fourira , ne crains rien ,
Laiffe en l'immenfité , laiffe flotter ton rêve !

Le rêve d'aujourd'hui fera réalité
Demain , & nous vivons des rêves de nos pères !
Le rêve à l'inconnu guide l'humanité ,
Et la terre & le ciel font tout pleins de myftères !

Et ce ne feront point ces gens au crâne épais ,
Moutons broutant au fol leur paifible pâture ,
Qui, cerveaux impuiffants, déroberont jamais
Au ciel fon feu , fes grands fecrets à la Nature !

Plus haut, plus haut toujours, plus haut, *Excelfior!*
Plus haut, que devant toi les horizons grandiffent ;
Plus haut, contemple & rêve & monte, monte encor,
Qu'à tes yeux les clartés céleftes refplendiffent

Le bonheur, ô mortel, eſt dans la vérité,
La lumière & l'amour ! en ces ſublimes voies
Où tout chante & fourit, pleines de volupté,
De ſaints raviſſements, d'ivreſſes & de joies !

La ſcience a frayé le chemin ! prends l'eſſor !
Tout n'eſt pas dit encor ! par le vent ſoulevées
Les graines vont au loin germer : *Excelſior !*
Dieu ne dit ſes ſecrets qu'aux âmes élevées !

LES PEINES ÉTERNELLES.

A M. L. PIRIOU.

« Les Bienheureux, fans fortir de la place
« qu'ils occupent, en fortiront cependant
« d'une certaine manière en vertu de leur
« don d'intelligence & de vue diftincte, afin
« de confidérer les tortures des impies, &
« en les voyant, non-feulement ils ne
« reffentiront aucune douleur, *mais ils*
« *feront accablés de joie*, & ils rendront
« grâce à Dieu de leur propre bonheur en
« affiflant à l'ineffable calamité des im-
« pies. »

                    Saint Thomas d'Aquin.

LES PEINES ÉTERNELLES.

I.

Un père, dont le fils a commis un grand crime,
Repouſſe cet enfant de ſon ſein, &, de plus,
D'un horrible ſupplice il en fait la victime
A l'aſpect d'autres fils dont il fait ſes élus!

Et dans une immuable & douce quiétude,
Ceux-ci goûtent en paix une félicité
Sans nul mélange, & rien de leur béatitude
Ne vient troubler le calme & la férénité.

Non, rien ne porte atteinte à leur joie ineffable,
Ni les larmes de fang, ni les gémiffements,
Ni les cris déchirants, les fanglots du coupable
Qui fe tord, fous leurs yeux, en d'atroces tourments !

Et le père ? En fon calme, il demeure impaffible.
Pourtant on m'avait dit que ce père était bon !
Bon ?.. Aux maux de fon fils je le vois infenfible ;
Eft-on bon quand le cœur ignore le pardon ?

Mais qui nous dit cela ? C'eft une calomnie !
Eft-il au monde un père affez dénaturé
Pour contempler, d'un œil fec & froid, l'agonie
D'un fils, même pervers, par fes foins torturé ?

Un hideux fanatique, en un tranſport de rage,
Peut tuer ſon enfant! Mais le livrer aux mains
D'un bourreau qui le brûle à petit feu, l'outrage,
Lui déchire les chairs?... Miſérables humains,

Vous ignorez, du moins, ce forfait exécrable!
Un tel père eſt un monſtre inconnu parmi vous;
Et s'il en était un, un ſeul, qui fût capable
De ce crime odieux, vous le maudiriez tous!

II.

Eh bien! ces cruautés funeſtes,
Ce ſont les vengeances céleſtes!
Nous frémirions de ſuppoſer
Au plus barbare de nos frères
Ces épouvantables colères...
C'eſt Dieu qu'on en oſe accuſer!

III.

Dieu, dont la bonté fouveraine
Et dont la majefté fereine
Rayonnent dans l'immenfité !
Toi, qui domines fur les mondes,
Que tu gouvernes & fécondes
Du haut de ton éternité !

Dieu, que nous ne pouvons connaître
Que par les biens que tu fais naître
A chaque pas, autour de nous ;
Toi, qui nous donnes toute chofe,
Qui créas la femme & la rofe,
Maître à la fois puiffant & doux !

Toi, par qui le foleil éclaire,
Par qui tout fe meut fur la terre ;
Par qui, dans le firmament bleu,
Quand la nuit defcend fur nos têtes,
Les aftres, foleils & planètes,
Allument leurs bouquets de feu !

Eft-il vrai, réponds, ô mon père,
Que tu connaiffes la colère,
Et que tu fois un Dieu jaloux ?
Et que, tremblantes & craintives,
Tes créatures fi chétives
Doivent redouter ton courroux?

Eft-il vrai qu'il ne peut fuffire,
Que dans tes œuvres on t'admire,
Et qu'on t'adore en ta grandeur ?
Que l'homme foit bon, jufte & fage,

Et rende un inceſſant hommage
A ton immuable ſplendeur ?

Que nulle vertu ne te touche
En dehors du dogme farouche
Que l'Égliſe nous a dicté,
Et qu'en une éternelle flamme,
Tu jettes ſans pitié toute âme
Qui méconnût la Trinité ?

Qu'impitoyable en ta vengeance,
Tu refuſes toute eſpérance
Aux malheureux que tu maudis,
Et que les plaintes déchirantes
De ces victimes ſuppliantes
N'émeuvent point le paradis ?

O Dieu, que j'adore & que j'aime,
N'eſt-ce point un honteux blaſphème ?

As-tu ces terribles fureurs?
Eſt-ce que ta main paternelle
Punit d'une peine éternelle
Nos faibleſſes & nos erreurs?

Non, non, car toute intelligence
S'incline devant ta puiſſance
Et te proclame juſte & bon ;
Et ſi quelque méchant t'offenſe,
Au bien, ta divine clémence
Le ramène par le pardon !

Non, tu n'es point un Dieu barbare
Qui, de ſon indulgence avare,
Frappe de terreur l'Univers ;
Aux juſtes tu donnes la joie
Et, dans une meilleure voie,
Tu fais rentrer les cœurs pervers !

C

Mon amour fe refufe à croire
Un Dieu vengeur, qui, dans fa gloire,
Trône parmi quelques élus !
Je veux t'aimer, mais à te craindre
S'il fallait jamais me contraindre,
Grand Dieu ! je ne t'aimerais plus !

IV.

Oh ! vous, qui menacez de la fureur divine
  La chancelante humanité,
Et qui voulez que, feul, tout homme s'achemine
  Vers fa douteufe éternité ;
Oh ! vous, qui nous prêchez ce dogme impitoyable :
  — « Beaucoup d'appelés, peu d'élus, » —
Qui faites de la vie une épreuve effroyable,
  Où cent piéges nous font tendus !

Oh! vous, qui nous montrez la célefte juftice
    Trop avare de fes faveurs,
Toujours prête à punir d'un éternel fupplice,
    Nos mifères & nos erreurs!
Vous ne fentez donc point, orgueilleux que vous êtes,
    Que vous outragez la bonté
De ce Dieu tout-puiffant & clément, dont vous faites
    Un tyran plein de cruauté?
Que Dieu n'eft point vengeur des rancunes humaines;
    Que l'enfer & le paradis,
L'un par fon égoïfme & l'autre par fes haines,
    Seraient tous deux des lieux maudits?
Eh quoi! de ce féjour plein de magnificence,
    Les juftes feront condamnés
A voir, au-deffous d'eux, fans fin, fans efpérance,
    L'affreux fupplice des damnés?
Ils y verront leur mère, ou leurs fils, ou leurs frères?
    Et pour que les cris des méchants
Ne troublent point leur joie en ces céleftes fphères,
    Ils les empliront de leurs chants!

Quel ciel !... Non ; les élus ne feront pas des juftes ,
      S'ils n'emploient leur éternité
A prier pour fléchir les colères auguftes
      De ce Dieu toujours irrité !
Ils ne feront pas bons, ni dignes de leur joie ,
      S'ils ne verfent affez de pleurs
Pour éteindre l'enfer & pour ravir fa proie
      A ce féjour d'âpres douleurs !

V.

J'entends... : Qui punira les âmes criminelles ?
Qui récompenfera les juftes & les forts ?
Si vous niez qu'au ciel emportant les fidèles,
Au jour où le Seigneur viendra juger les morts,
Les anges, aux enfers, jetteront les rebelles,
      Qui les châtiera ? Le remords !

Eh ! comptez-vous pour rien la confcience humaine
Et de fes jugements l'inflexible rigueur ?
Partout le criminel traîne avec lui fa peine ;
Sans trève , fans repos, elle ronge fon cœur ,
Comme s'attache au corps l'implacable gangrène.
  De fon remords nul n'eft vainqueur !

Je le crois, je le fens, je l'affirme ! Nulle âme
Ne faurait échapper au remords ! C'eft en vain
Qu'il arme fon regard d'une impudente flamme
Et que fon front affecte un orgueilleux dédain :
Le méchant fouffre, en lui fe joue un fombre drame ;
  Le remords déchire fon fein !

Sous le regard de Dieu , toute faute s'expie ,
Non par un châtiment dont il flétrit la chair ;
Dieu ne faurait détruire : il change & vivifie !
Dans l'âme du méchant il place un germe amer ;

Le châtiment aigrit , le remords purifie
    Mieux que les flammes de l'enfer !

Demandez au forçat qui va traînant fa chaîne
Ce qui fe paffe au fond de fon cœur irrité?
Ce qu'il hait, ce n'eft pas fon crime, c'eft fa peine
Dont il plaifante avec une ignoble gaîté.
Qu'il foit libre demain, vous verrez quelle haine
    Il porte à la fociété !

C'eft qu'on a pris à faux cette âme gangrenée ;
Au lieu de la flétrir par un dur châtiment ,
Elle eût pu vers le bien être un jour ramenée
En comprenant l'horreur de fon égarement !
La voici vers le mal à jamais entraînée
    Par un haineux reffentiment !

VI.

L'homme frappe & maudit; Dieu corrige, il éclaire!
Ce qu'il hait, c'eſt le crime & non le criminel;
L'homme, qui n'a qu'un jour, ſe venge avec colère;
Dieu peut être indulgent, car il eſt Éternel.

Oh! ne haïſſons pas les méchants, car la haine
N'a jamais ramené nul homme vers le bien;
Ce ſont des égarés dont l'âme n'eſt point ſaine;
Nous, qui nous diſons bons, faiſons-nous leur ſoutien!

Aimons-les, aidons-les! Sous la chaude influence
De notre affection qu'ils ſentent leur erreur!
On a longtemps prêché le dogme de vengeance,
On a prêché longtemps la loi de la terreur.....

C'eſt le dogme d'amour qui ſauvera la terre ;
Le genre humain, par lui, doit être tranſformé.
Nul de nous ne fera ſon ſalut , ſolitaire.
Tant qu'il eſt un méchant , le ciel reſte fermé !

Devant Dieu, l'homme fort du faible eſt reſponſable,
Le juſte du méchant ! Si, par un noble effort,
Vous ne rendez au bien ceux que le mal accable,
A quoi vous a ſervi d'être bon , juſte & fort !

C'eſt aux bons qu'appartient tout l'avenir du monde.
Ils vaincront des pervers le triſte égarement ;
Dieu les ſecondera dans cette œuvre féconde.
On fait plus par l'amour que par le châtiment.

LE ROYAUME DE DIEU.

A M. VICTOR HUGO.

> « Une vue confolante, s'ouvrant vers
> « l'avenir, montrera, dans un grand
> « éloignement, l'efpèce humaine s'élevant
> « à une condition où tous les germes
> « dépofés en elle peuvent fe développer
> « complètement. Une telle juftification
> « de la Nature, ou mieux, de la Pro-
> « vidence, n'eft pas un motif fans im-
> « portance pour choifir un point de vue
> « particulier d'où l'on contemple le
> « monde ! »
>
> KANT.

LE ROYAUME DE DIEU.

I.

 OMME, il eſt quelque part, en un coin de l'eſpace,
De l'eſpace immuable & ſans bornes, un lieu
Dont nulle voix jamais n'a révélé la place,
Et que l'on a nommé « le Royaume de Dieu ! »

La lune, le foleil, la terre ; les planètes,
Nous dit-on, n'en font pas, ni ces globes de feu
Qui vont roulant, le foir, au-deffus de nos têtes
Et que nous admirons dans le firmament bleu.

Tout cela, pur néant, matière périffable ;
Mondes qui pafferont ! fur eux Dieu foufflera
Au jour de fon courroux ; comme des grains de fable,
De ce fouffle puiffant il les difperfera.

Car ce n'eft point affez de ces magnificences
Pour l'orgueil humain ; Dieu les crée & les détruit,
Vouant les univers aux éternels filences
Et les immenfités à l'éternelle nuit

Pour nous plaire... Il nous faut de bien plus hautes fphères
Un ciel plus éclatant, un Dieu qu'on puiffe voir,
Et des foleils verfant de plus pures lumières
Et la joie éternelle & l'éternel efpoir.. !

L'homme eſtime à ce point ſon mérite, qu'il penſe
Qu'au-delà des ſplendeurs que nous offrent les cieux
Dieu créa tout exprès & pour ſa récompenſe,
Un ſéjour plus parfait & plus délicieux !

Fatal aveuglement de mortels imbéciles !
Ils ont devant les yeux un livre merveilleux,
Et n'y ſachant point lire, en chimères ſtériles
Ils conſument leur âme & leur cœur orgueilleux.

Tel un enfant gâté repouſſe un livre ſage
Et préfère écouter les récits nébuleux
D'une vieille, de qui le décevant langage
Le tranſporte en un monde étrange & fabuleux !

Ainſi le jugement ſe corrompt & ſe fauſſe ;
Ainſi le cœur s'éteint en un frivole eſpoir ;
L'homme tient le réel, mais il croit qu'il ſe hauſſe
En convoitant des biens qu'il ne peut concevoir !

II.

Oh ! vous dont les folles penſées,
Parmi des ſphères inſenſées ;
Cherchent le royaume de Dieu ,
Et dont l'ignorance funeſte
Maudit la terre & la déteſte
Comme un honteux & mauvais lieu !

Oh ! vous qui gémiſſez ſans ceſſe
Et dont le cœur faible careſſe
De fugitifs & vains déſirs ;
Qui rêvez, par-delà les nues ,
Des jouiſſances inconnues
Et d'inénarrables plaiſirs !

Vous voulez voir Dieu face à face ;
A travers le temps & l'efpace ,
Vous voulez qu'il fe montre à vous !
Et vous commencez, ô délire !
Par méprifer & par maudire
Les bienfaits qu'il répand fur nous ?

Vous voulez pénétrer l'effence ,
Et la grandeur & la puiffance
Du Souverain des Univers,
Et devant la fplendeur célefte
Où fa bonté fe manifefte
Vos yeux ne fe font point ouverts !

Vous êtes méchants & perfides ,
L'égoïfme vous rend avides
Et tue en vos cœurs l'amitié ;
Et vous vous étonnez encore

Que le mal règne, vous dévore
Et vous déchire fans pitié !

Et dans vos heures de détreffe,
Quand l'âpre fouffrance vous preffe,
Rempliffant l'air de vos clameurs,
Vous accufez l'Être fuprême
D'être l'auteur du mal & même
De fe complaire en vos douleurs...!

Faible & chétive créature,
Le mal n'eft point dans la nature,
Regarde bien, il eft en toi...
L'Univers eft plein d'harmonie,
Tout eft fplendeur, paix infinie,
Et l'ordre eft la fuprême loi !

III.

Que de fois, recueillant ma pensée en moi-même,
Immobile, le front sur mes deux mains penché,
N'ai-je point médité ce siniftre problème :
« Le Mal? » Et que de fois, avide, ai-je cherché
Le mot de cette énigme épouvantable & fombre ,
Que nous préfente un fphinx implacable & fatal?
En voyant l'homme en proie à des douleurs fans nombre
J'ai voulu pénétrer ton dur fecret, ô Mal!

Mais une voix m'a dit : Infenfé , tu te traînes
En la fange , & tu veux de l'horizon lointain
Sonder les profondeurs? Des miféres humaines
Tu veux favoir la caufe & ton œil incertain

En y plongeant fe perd ! Brife les lourdes chaînes
Dont ton bras eft chargé, prends ton vol vers les cieux,
Élève tes penfers ; des régions fereines
La terre apparaîtra plus fenfible à tes yeux !

Et j'ai pu, m'élevant vers les fphères fublimes,
D'un regard embraffer le monde tout entier,
Ainfi que l'aigle fait, du haut des grandes cîmes,
Sur lefquelles il va, planant d'un vol altier !
Et j'ai cherché le mal, & j'ai vu notre Terre
Apparaître à mes yeux comme un féjour béni,
Globe vivant, noyé dans des flots de lumière
Et fouriant à Dieu du fein de l'infini !

Mais à l'homme crédule on a dit : ces merveilles
Dieu les créa pour toi ; pour toi feul il a fait
Briller au firmament ces étoiles pareilles
A des perles d'or, vois ! en es-tu fatiffait ?

Et l'homme rencontrant des épines aux rofes ,
Et voyant au ciel bleu la tempête éclater ,
Cria miféricorde & pleurant fur ces chofes ,
Hélas! accufa Dieu de le perfécuter !

Dans fon naïf orgueil , plein de l'idée étrange
Que tout eft fait pour lui, les aftres & les fleurs ,
Il s'étonne que Dieu ne l'ait point fait archange ,
Exempt de tout befoin, à l'abri des douleurs.
Tout ce qui lui réfifte & l'irrite & le bleffe ;
C'eft le mal, c'eft le mal déchaîné contre lui ,
Par un être puiffant qui rit de fa faibleffe
Et le livre à la mort, défarmé , fans appui !

La pefte, l'ouragan, & la nuit & fon ombre ,
Le tigre rugiffant & le poifon fubtil
Que diftille la plante , & la mort, gouffre fombre
Où l'homme s'engloutit, pourquoi Dieu les fit-il ?

Infenfé, mais la pefte eft fouvent ton ouvrage,
Le tigre eft moins féroce & moins méchant que toi :
La faim feule l'excite & le pouffe au carnage,
Et tu t'es fait du meurtre une exécrable loi !

Il n'eft point de poifon, fois prévoyant & fage,
Ce qui tue aujourd'hui te guérira demain ;
Les ténèbres, le froid, les aquilons, l'orage,
Toute chofe a fon but, Dieu ne fait rien en vain !
Et la terrible mort, cet éternel problème
En préfence duquel l'homme tremble d'effroi,
Loin de l'anéantir, eft fans doute, elle-même,
Pour tranfformer fon être une immuable loi !

Purs accidents de l'ordre univerfel, en face
Des fplendeurs de la terre & de l'éclat des cieux,
Chacun de ces fléaux difparaît & s'efface,
Légère ombre que chaffe un foleil radieux !

Non, là n'eft point le mal, il eft tout en nos âmes ;
Non ce n'eft point la mort qui met la terre en deuil,
Ni les foudres du ciel ni leurs finiftres flammes,
C'eft le fombre égoïfme & l'implacable orgueil!

Et les hommes fe font complus dans la penfée
Qu'ils font l'unique but de la création
Et que, pour eux, la terre, ô croyance infenfée !
Eft un féjour d'épreuve & de tentation.
Et chacun d'eux s'en va, replié fur lui-même,
Être individuel & marchant toujours feul
Vers des cieux inconnus, égoïfme fuprême
Qui pourfuit l'homme encore au-delà du linceul !

Eh bien! je vous dis, moi, que l'erreur eft profonde ;
Que nul homme ne peut de l'autre s'ifoler,
Et que pas plus qu'un grain de fable, de ce monde,
Notre âme, après la mort, ne fe peut envoler !

Que les hommes, enfin, ne vont point, folitaires,
Vers un but fatal où les mènent leurs penchants;
Que tous feront élus, car tous font folidaires,
Et que les bons devront triompher des méchants!

IV.

Voyez-vous, à travers les âges,
Comme un torrent impétueux,
Sous le ciel bleu, fous les orages
Rouler ces flots tumultueux?
Nul obftacle ne les arrête,
Et de roc en roc bondiffant,
Par le calme & par la tempête
Ils vont, chaque jour, grandiffant.

Irréfiftible en fa puiffance,
Ainfi marche le flot humain,

Du fond des fiècles il s'avance,
Fleuve hier, océan demain.
Un fouffle divin le foulève;
Il était faible, il devient fort,
Il lutte fans fin & fans trève,
La terre cède à fon effort!

Qui changea les landes ftériles,
Les impénétrables forêts
En champs où les moiffons fertiles
Balancent leurs épis dorés?
Qui fit, d'un fruit âpre & fauvage,
Un fruit exquis & favoureux?
Qui plia tout à notre ufage
Au milieu d'efforts douloureux?

Qui fraya fur les mers profondes,
En dépit des flots irrités,

Ces chemins reliant les mondes?
Qui lutta pour nos libertés?
Qui nous a légué la science
Et les arts, ces dons précieux,
Et qui mefura la diftance
Des aftres qui brillent aux cieux?

Oh! générations paffées
Qui tant de fois avez vaincu,
La mort vous a-t-elle effacées
Du fol où vous avez vécu?
Vous qui, du fond des temps antiques,
Avez préparé l'avenir,
O! races trois fois héroïques,
N'êtes-vous plus qu'un fouvenir?

Êtes-vous à jamais couchées
Dans la pouffière du tombeau.

Vos chairs font-elles defféchées?
Et votre âme, divin flambeau,
Qui, vivante, éclaira la terre,
Indifférente, déformais,
Se plonge-t-elle, folitaire,
En des cieux lointains... pour jamais?

Non, tout n'eft point fini pour elles,
Non, ces races n'ont point quitté,
Pour des demeures éternelles,
Le féjour de l'Humanité!
Elles revivent en nous-mêmes,
Et recueillent, aux temps nouveaux,
Le prix de leurs efforts fuprêmes
Et de leurs glorieux travaux!

Et nous, dont la vie eft leur gloire,
A notre tour, nous qui livrons

C*

Ces combats où chaque victoire
Eſt un pas vers Dieu, nous vivrons;
Et parmi d'autres exiſtences
Nous irons, aux âges futurs,
Demander d'autres jouiſſances,
Des bonheurs plus grands & plus purs!

Car tu ne veux pas, ô juſtice!
Que des milliers d'infortunés
A ce pénible & long ſupplice
Aient été, par Dieu, condamnés,
Pour tracer la ſublime voie
Où d'autres entreront ſans eux!
Tout être aura ſa part de joie,
Qui lutta fort & courageux!

V.

Homme, tu veux favoir quelle eſt la récompenſe
      Que Dieu réſerve à tes travaux,
Ton áme t'inquiète & dans ton trouble immenſe
      Tu veux favoir quels biens nouveaux
Te paieront des douleurs que ce monde t'inflige,
      Et ton eſprit va s'égarer
En je ne fais quels cieux, où Dieu, par un prodige,
      T'appellera pour l'adorer !

Le royaume de Dieu que réclament les hommes
      Il eſt partout, il eſt ici ;
C'eſt l'aſtre que tu vois, c'eſt la terre où nous fommes,
      Il eſt devant toi ; le voici !

Regarde ; & fi tu veux voir enfin apparaître
  Tes deftins futurs à tes yeux,
Vois ce qu'eft l'homme ; vois, furtout ce qu'il peut être,
  Et ce que furent nos aïeux.

VI.

  Ils allaient errants fur le fol aride ,
  Cherchant un refuge au fond des grands bois,
  Et n'ofant fouler que d'un pied timide
  La terre inclémente ; ils vivaient fans lois !

  Ils étaient en lutte avec la nature,
  Dont l'âpre grandeur les épouvantait ;
  Difputant au fol leur maigre pâture,
  Et redoutant Dieu qui les tourmentait !

Ils vivaient pareils aux animaux fauves,
Sombres, défiants & l'œil anxieux,
Des vallons boifés aux montagnes chauves
Regardant la terre, ignorant les cieux !

Mais une étincelle était en leur âme
Qui, s'irradiant au fouffle divin,
Se changea bientôt en ardente flamme,
A l'homme étonné montrant fon chemin !

Alors fut donné cet élan fublime ;
Le progrès naquit dans l'humanité ;
L'homme ofa, dès lors, créature infime,
Porter fes regards vers l'immenfité !

Il vit que la terre était fon domaine ;
Il fe mit à l'œuvre & tout plein d'ardeur,
Commença la longue & pénible chaîne
Des puiffants travaux qui font fa grandeur !

Qui dira le lent & cruel martyre
De l'humanité ? Douloureux fanglots
Et luttes fans fin, & fiévreux délire
Et larmes & fang coulant à longs flots?

Mais du fang tombé de chaque bleffure,
Au fol fécondé, naiffait une fleur;
Et Dieu recueillant toute larme obfcure,
Rendait un bienfait pour une douleur!

Et l'homme à grands pas vers le ciel s'avance,
Son regard s'élance en l'efpace bleu;
Il a combattu la trifte ignorance,
Il a conquis l'air, le fer & le feu!

Il a parcouru, tranfformé la terre;
Les aftres, leurs lois & leurs mouvements
Pour lui ne font plus un obfcur myftère!
Il a pénétré tous les éléments!

Il a mefuré le fon, la lumière,
Pefé le foleil, Mars & Jupiter ;
Pour efclave il a l'onde prifonnière
Et pour meffagers la foudre & l'éclair !

Le cercle grandit, & l'âme s'élève ;
Savoir, c'eft voir Dieu ; l'homme l'a compris !
Chaque jour qui luit réalife un rêve,
Où Dieu fe révèle à nos yeux furpris !

Qui prétendra donc affigner des bornes,
Au favoir humain ? Qui donc ofera,
Vouant notre efprit aux trifteffes mornes,
Dire : « Ici l'effort de l'homme échouera ? »

Non, non ; j'aperçois au lointain des âges
Une ère d'amour, de joie & de paix ;
Les hommes feront meilleurs & plus fages ;
Dieu leur verfera de nouveaux bienfaits !

Ils découvriront des forces nouvelles
Pour franchir l'efpace ; & la terre aura
Des fruits plus exquis & des fleurs plus belles,
Des parfums plus purs : le ciel s'ouvrira !

*
* *

Car les fiècles vont, comme des fecondes
Tombant tour à tour dans l'Éternité...!
. . . .
Et la race humaine, à travers les mondes,
Ira contempler la Divinité !

LE REPOS ÉTERNEL.

A M. J. MICHELET.

« Toute la fuite des hommes, durant
« le cours des fiècles, doit être con-
« fidérée comme un même homme qui
« fubfifte toujours & apprend conti-
« nuellement! »

P<small>ASCAL</small>.

LE REPOS ÉTERNEL.

I.

'AI contemplé le ciel & la terre ; mes yeux
Ont dévoré l'efpace, interrogé les mondes,
Des fommets des grands monts jufques au fein des ondes
Et de notre humble globe aux profondeurs des cieux
       Où, pendant la nuit fombre,
    Sur nos fronts des aftres fans nombre
      Roulent filencieux !

J'ai cherché le repos en cet enfemble immenfe,
J'ai cherché le repos, en ce vafte univers,
Dans le firmament bleu, dans les profondes mers ;
Et j'ai trouvé partout la vie & l'exiftence,
     Partout le mouvement !
    Un être meurt, en ce moment
     Un autre eft qui commence !

Un autre ? non, c'eft lui ; de lui-même il renaît,
Et fous une autre forme il vient prendre fa place !
Comme l'eau, tour à tour, devient vapeur & glace,
Tout corps inceffamment s'abîme & reparaît !
      La mort, où donc eft-elle,
     Avec fa terreur éternelle ?
      La mort ? Qui la connaît ?

II.

J'ai cherché le fecret de la Mort, & la Vie
M'a répondu, toujours, par un hymne fi doux,
Que, quand cet hymne éclate en mon âme ravie,
Pour le mieux écouter je me mets à genoux !

Oui, la vie eft partout, active, impériffable,
Partout le mouvement ; le repos ? nulle part !
Le repos, c'eft un mot, une ombre infaififfable,
Que l'homme faible invoque & qui fuit fon regard.

Dieu ne l'a point créé, Dieu ne le peut connaître ;
Dieu, c'eft l'activité ; l'Univers fuit fes lois ;
Rien ne meurt, tout fe meut, tout travaille, tout être
Cent fois a difparu pour renaître cent fois !

D

Et de l'obfcur Ciron, à la vie éphémère,
Qu'un grain de fable abrite, à l'éclatant Rigel,
Qui du fein d'Orion nous verfe fa lumière
Rien ne s'évanouit, tout corps eft éternel !

L'arbre que l'on abat & que le feu dévore
Devient cendre & vapeur ; engrais qui rentre au fol
Pour nourrir un autre arbre ; eau qui féconde encore,
Pleurs des cieux vers lefquels elle avait pris fon vol !

Et le gland devient chêne, & l'humble chryfalide
Un brillant papillon ! & le blé devient pain,
Et le pain devient chair, chair vive & fang limpide
Qui porte la chaleur, la vie au cœur humain !

Et le cadavre froid qu'on nomme pourriture,
Dans la terre, à fon tour, fe tranfforme & renaît,
Et revient, au printemps, fourire à la Nature
Brin d'herbe, feuille ou fleur que nul ne reconnaît !

Car c'eſt ainſi que Dieu dirige toute choſe ;
L'Être ne meurt que pour renaître triomphant ;
Et d'un impur fumier il fait faire une roſe
Au parfum chaſte & frais comme un baiſer d'enfant !

III.

Ce que Dieu fait de l'âme humaine ? je l'ignore !
Ce que devient l'eſprit à l'heure où le trépas
A notre corps le prend ? nul ne le fait encore ;
C'eſt le divin ſecret où l'homme n'entre pas !

Mais lorſqu'à nos regards étonnés la matière
Travaille ſans relâche & s'agite ſans fin,
Et quand règne partout l'activité première,
Le repos, nulle part, en cet ordre divin,

Pouvons-nous concevoir qu'après une exiftence
De quelques jours au fein d'un corps faible & mortel,
Notre âme, devenant une immobile effence,
Aille jouir en Dieu d'un repos éternel ?

Le repos ? mais le corps n'en prend pas ; & notre âme,
Après quelques inftants de féjour ici-bas,
Pourrait être à ce point fatiguée & fans flamme
Qu'abandonnant la vie & fes nobles combats,

Et prenant tout à coup fon éternelle phafe,
Elle irait, je ne fais en quel ciel, en quel lieu,
Goûter, à tout jamais, une béate extafe,
Inactive, immobile, à la face de Dieu...?

Tels qu'on voit, accroupis, devant les hypogées
Ces grands fphinx de granit, qui dorment au foleil,
Mornes, filencieux, en quadruples rangées
Et femblent, en bâillant, implorer leur réveil...!

IV.

Sur le vieux monde qui s'écroule ,
Regardez , les vices en foule ,
Les vices fe font répandus ;
La corruption , noir vampire ,
A fondé fon hideux empire
Au fein des peuples éperdus !

Depuis l'Indus jufqu'à la Loire ,
Du haut de fon char de victoire ,
Rome écrafe le genre humain ;
Et les peuples , partout efclaves ,
Chargés de pefantes entraves
Se tordent fous le joug romain !

Sur les débris du monde antique
Agonife la République :
Les grands oracles fe font tus ;
Et, dans une fatigue étrange
Rome a laiffé choir dans la fange
Les plus héroïques vertus !

Les nations font une proie
Qu'elle déchire & qu'elle broie
Pour nourrir fon peuple orgueilleux !
L'efclave engraiffe fes murènes,
Et dans fes immenfes arènes
Les vaincus râlent fous fes yeux !

Il faut de fanglantes ivreffes
A ce peuple, il faut des largeffes,
Il faut le cirque & fes fanglots ;

Il faut des fpectacles atroces,
Où la dent des tigres féroces
Fait couler le fang à longs flots!

Ses jeux, fes plaifirs font des crimes:
Voir agonifer les victimes,
Expirer les gladiateurs,
Voilà ce qu'il aime & contemple;
Le cirque eft devenu fon temple,
Les lions fes facrificateurs!

Et fur cette foule repue,
Une nobleffe corrompue
Règne plus débauchée encor,
Qui lui jette, pour fe fouftraire
A fes clameurs & la diftraire,
D'infâmes plaifirs & de l'or!

Et fous le fouet proconfulaire,
Le miférable tributaire
Travaille, hurle & fe débat;
Mais un vaincu n'eft point un homme;
Puis, il faut de l'argent à Rome,
Beaucoup d'argent : c'eft un combat !

Mais une grande voix s'élève
Soudain, comme du fein d'un rêve,
Qui dit : « Peuples, levez les yeux !
« Votre corps feul eft la victime
« Que l'on torture & qu'on opprime ;
« Mais votre âme appartient aux cieux !

« Rome dit : Travail & fouffrance !
« Et moi je vous crie : Efpérançe !
« La terre eft un lieu détefté !

« Réfignez-vous, courbez la tête,

« Le repos eft votre conquête,

« Le repos dans l'Éternité !

« Et les races défhéritées,

« Depuis longtemps perfécutées,

« Deviendront les races d'élus !

« Dieu daigne réferver pour elles,

« Parmi des fplendeurs éternelles,

« Un repos qui ne finit plus ! »

V.

Le travail alors était une peine,

Un dur châtiment, prefqu'un défhonneur ;

C'était une lourde & terrible chaîne

Qu'aux pieds du vaincu rivait le vainqueur !

Auffi quand la voix dit aux miférables :
Efpérez, la mort vous délivrera,
Efpérez, après ces jours lamentables ,
Au repos du ciel Dieu vous convîra !

Ce fut fur la terre une joie immenfe :
Le peuple acclama les dogmes nouveaux ;
Dieu lui promettait, pour fa récompenfe ,
Un repos fans fin après fes travaux !

Il aura fon jour, il aura fon heure ;
Les grands, à leur tour, feront les maudits !
Le ciel appartient à celui qui pleure !
Dieu ferme aux puiffants fon beau paradis !

VI.

Le monde a marché depuis ces jours fombres ;
D'un aftre nouveau la vive clarté
A lui fur nos fronts, diffipant les ombres
Où fe débattait notre humanité !

Le dogme qui veut que l'on fe foumette
Pour gagner le ciel aux maux d'ici-bas,
Confolant, peut-être, aux jours de tempête,
Quand le genre humain ne s'affirmait pas,

Ce dogme n'eft plus, aux temps où nous fommes,
Qu'un trifte rempart où les fatiffaits
S'abritent, pour faire au refte des hommes
De l'âpre mifère accepter le faix !

La terre n'eſt plus ce ſéjour infâme,
Lieu d'horrible épreuve, empire du mal,
Où chacun de nous, pour ſauver ſon âme,
Doit ſortir vainqueur d'un combat fatal!

Le travail n'eſt plus une ignominie!
C'eſt la loi divine, & l'humanité
Par lui ſeul échappe à la tyrannie,
C'eſt ſa délivrance & ſa dignité!

Le bonheur n'eſt plus l'immuable extaſe
Que l'homme attendait au jour de la mort;
L'homme ne meurt point! vers une autre phaſe
De ſon exiſtence il prend ſon eſſor!

Où va-t-il? qui ſait? effrayant myſtère
Où nul œil humain n'a pu pénétrer!
Eſt-il à jamais perdu pour la terre
Et dans le ciel bleu s'en va-t-il errer?

VII.

Hommes, écoutez la voix qui s'élève
Du fond de votre âme & qui crie à tous :
Dieu n'eſt pas ſi loin, ſi haut qu'on le rêve,
Regardez, il eſt au milieu de vous !

Car la race humaine eſt un être immenſe
Qui marche à travers les ſiècles ſans fin,
Qui monte vers Dieu, qui travaille & penſe
Et qu'agite & pouſſe un ſouffle divin !

Et l'homme n'eſt pas un atome frêle,
Qui roule au haſard dans l'immenſité,
Et qu'un ange emporte un jour ſur ſon aile
Pour le poſer, ſeul, dans l'Éternité !

Le rameau qu'à l'arbre un vent froid enlève
Tombe fur le fol, defféché, flétri,
S'y change en humus & remonte en fève
Fécondant le tronc qui l'avait nourri !

Tel apparaît l'homme, efprit & matière,
Dans la radieufe & grande unité !
Et comme fon corps retourne à la terre,
Son âme revit dans l'humanité !

PER SIDERA !

A MADAME LOUISE DEVANNES.

> « Plus j'ai connu les hommes & plus
> « je me fuis convaincu qu'il n'y a de
> « vrai que leurs rêves & de raifonnable
> « que leurs folies ! Il faut donc des
> « rêveurs pour faire aimer ces biens
> « dont l'efpérance feule vaut tous les
> « tréfors de la terre... la Beauté, la
> « Juftice, la Liberté. »
>
> Ed. LABOULAYE.

PER SIDERA !

I.

E reviens du pays des rêves ;
De ce pays délicieux
Où, comme le flot fur les grèves,
L'éther chante fon hymne aux cieux !

La nuit tombait claire & limpide,
Et, de la vallée au coteau,
La terre humide
S'enveloppait d'un noir manteau!

Tout fe taifait; dans le citife
L'oifeau doucement s'endormait;
La molle brife,
Baifant les fleurs, fe parfumait.

Le foleil fe couchait fuperbe;
A tout rayon qui s'abîmait
Sous un brin d'herbe,
Une étoile au ciel s'allumaït.

Et les efpaces fe peuplèrent
Par milliers de globes de feu,
Qui me femblèrent
Les flamboyants regards de Dieu!

Et mon efprit, quittant la terre,
Fafciné par ces profondeurs,
   De fphère en fphère,
S'en fut contempler ces fplendeurs !

Et je fus au pays des rêves ;
Pays doux & délicieux,
Où, comme le flot fur les grèves,
L'éther chante fon hymne aux cieux !

II.

Qu'il fait bon voyager dans le champ des étoiles,
Quand on a laiffé prendre à l'âme fon effor,
Comme la blanche nef, quand la brife en fes voiles
Chante mélodieufe & quand la mer s'endort !

Ainfi je fis; ainfi dans l'efpace fans bornes
Mon âme s'égara, d'un vol audacieux,
Voyageufe affrontant les folitudes mornes,
Pour aller demander leur grand fecret aux cieux !

Je faluai Vénus fur fon axe penchée,
Préfentant au foleil fon pôle étincelant;
Vénus, fur fon orbite étrangement couchée,
Dont l'équateur eft froid & le pôle brûlant.

Puis Mercure, noyé dans les rayons folaires,
Globe embrafé ; puis Mars, Mars au pôle neigeux ;
Puis ces vagues débris de mondes planétaires ;
Puis le grand Jupiter au difque nuageux ;

Jupiter, aftre roi des fphères éclatantes,
En fa courfe entraînant fes quatre lunes, puis
Saturne couronné de huit perles brillantes
Qui verfent leur lumière à fes profondes nuits ;

Saturne, énigme étrange, infoluble problème,
Qui flotte dans l'éther plus léger que dans l'eau
Flotte le hêtre, & porte au front, pour diadème,
Ses huit étoiles d'or avec fon triple anneau !

Puis Uranus qui trace avec fes fatellites
Son orbe à l'Occident, aftre à pâle clarté.
Puis Neptune qui roule aux extrêmes limites
De l'empire folaire & puis..... l'immenfité !

L'immenfité toujours, l'immenfité profonde,
Dévorante, fans fin, toujours l'immenfité
Que peuplent les foleils, que la lumière inonde,
Où Dieu mire fa gloire & fon éternité... !

III.

Alors, d'un feul regard, embraffant l'étendue
Que la planète enlace en fa courbe éperdue,
   Je vis, au centre, le foleil,
   Comme une lampe de vermeil
   Au fond d'un temple fufpendue,
Parmi des perles d'or dont la vive clarté
      En longs éclairs ruiffelle
      Et dont chaque étincelle
Pénètre au loin l'obfcurité.

   Des millions de folles comètes
Couraient inceffamment à travers les planètes,
   Secouant leurs blanches aigrettes
Ainfi que des tifons au foleil allumés ;

Puis, feux-follets du ciel, s'élançant dans l'efpace,
        Où l'œil ne peut fuivre leur trace,
        Globes de feu devenus glace,
Allaient éteindre leurs panaches enflammés !

        Et le foleil répandait fur ces mondes
Sa clarté bienfaifante & fes flammes fécondes !
Partout le mouvement, partout l'activité,
        Partout la vie en l'empire folaire
                Où chaque globe eft habité
                        Par une humanité,
                Que le flambeau célefte éclaire !
                Qui vit & penfe au fein de Dieu,
                Depuis Mercure au ciel de feu,
        Jufqu'à Neptune au jour crépufculaire !

        Et je montai plus haut encor !
        Vers les régions étoilées,

Pays des chimères ailées,
Je pris de nouveau mon effor.

Salut, lointain pays des rêves,
Pays doux & délicieux,
Où, comme le flot fur les grèves,
L'éther chante fon hymne aux cieux !

IV.

Au fein de l'infini, cette mer fans rivage,
Des millions de foleils & des foleils encor,
Comme des globes d'or,
Voguent inceffamment, pourfuivant leur voyage,
Et vainement l'efprit le plus audacieux
S'abîme à concevoir les bornes de l'efpace;
Une étoile s'efface,
Mais une autre déjà s'eft allumée aux cieux !

Plus on avance & plus la limite recule,
Plus le regard ſe noie en ces mondes divers,
   Immenſes univers,
Que Dieu ſeul peut connaître & que ſeul il calcule,
Et que ſeul il dirige en cette immenſité,
Plus nombreux, mille fois, en l'eſpace infondable
   Que tous les grains de ſable
Que preſſe l'Océan de ſon flot agité !

Infini ! choſe & mot qui font friſſonner l'âme !
Qui parles & te tais, nous attires & fuis !
   Jours brillants, ſombres nuits ;
Qui nous étouffes d'ombre où nous revêts de flamme !
L'eſpace eſt-il un mot, le temps un ſouffle vain ?
La terre, que grandit la faibleſſe de l'homme,
   N'eſt-elle qu'un atome
Auquel notre orgueil ſeul attache un ſceau divin ?

V.

Oh! profondeurs vertigineuſes,
A quelles ſources lumineuſes
Allez-vous vous défaltérer?
Phares divins, ſoleils ſans nombre,
Qui, vous tirant du néant ſombre,
Vous mit au ciel pour l'éclairer?

Salut, impoſantes merveilles,
Aſtres aux couleurs ſans pareilles,
Salut, globes reſplendiſſants;
Étoiles aux clartés ſereines
Qui voguez aux céleſtes plaines
En archipels éblouiſſants!

Perles dans l'éther enchâffées,
Dont les guirlandes enlacées
Scintillent en longs chapelets;
Fleurs au fouffle divin éclofes,
Soleils de rubis, foleils rofes,
Soleils bleus, aux vagues reflets!

Étoiles aux lueurs nacrées
Qui verfez vos flammes facrées
Sans doute à des êtres meilleurs
Sphères étranges, allumées,
En des profondeurs innomées
Pour des êtres fupérieurs!

Région pure, harmonieufe,
Qu'en vain éperdue, anxieufe,
Interroge l'Humanité,
Salut! — Salut divin empire

Où le regard de l'homme expire
Et va fe perdre épouvanté !

VI.

Voici Wéga, Wéga, l'aftre aimé du poète,
Émeraude célefte à la flamme difcrète,
    Verfant fa limpide clarté
Sur des mondes bénis, planètes magnifiques
Où vont rêver en paix les âmes pacifiques,
    Amoureufes de la beauté !

Puis Sirius, ardent foyer, foleil immenfe
Dont la flamme jaillit plus vive & plus intenfe
    Que la flamme de cent foleils ;
Sirius près duquel l'aftre qui nous éclaire
N'apparaît plus que comme un vague luminaire
    Humble & pâle entre fes pareils.

Puis le blond Fomalhaut, puis la capricieuſe
Algol; puis Ataïr, étoile gracieuſe
  Comme un regard de ſéraphin;
Puis le fier Régulus, la rouge Beteigeuſe,
Antarès qui flamboie, éclatante & joyeuſe,
  Rubis de ce céleſte écrin !

Puis le noble Achernar & la brillante Arcture
Et Canope & Rigel, doux feu, lumière pure,
  Et l'étincelant Procyon ;
La jaune Aldébaran, & la bizarre étoile
Qui, tour à tour, au ciel & s'allume & ſe voile
  La myſtérieuſe Omicron !

Voici notre voiſine Alpha, ſoleil étrange
Formé de deux ſoleils, l'un blanc & l'autre orange,
  En la même orbite entraînés !
Puis, plus étrange encor, la double colorée

Du Cygne, étoile bleue à compagne dorée,
    Globes l'un à l'autre enchaînés !

Puis la triple Gamma d'Andromède, une opale
Et deux turquoifes; puis l'ardente Croix auftrale,
    Le Serpent au double faphir ;
Groupes d'aftres jumeaux parmi tous lefquels brille
Le couple de Pégafe, un rubis qui fcintille
    Auprès d'une perle d'ophir !

Puis au-delà, toujours & fans fin, & fans nombre,
Des étoiles chaffant la nuit, diffipant l'ombre,
    Toujours des conftellations,
Et toujours des foleils aux lumières limpides,
Mondes étincelants, créations fplendides;
    Succédant aux créations..!

VII.

Étoiles que nos yeux débiles
Nous montrent toujours immobiles,
Vous vous animez devant moi,
Car tout fe meut dans la nature,
Et comme l'humble créature
L'aftre eft foumis à cette loi!

A travers le temps & l'efpace,
Par les routes que Dieu vous trace,
Vous avancez en fcintillant,
Et dans fa gigantefque orbite,
Chaque globe, enchaîné, gravite
Autour d'un globe plus brillant!

Point de couchant & point d'aurore :
Les fiècles que le temps dévore
Paffent avec rapidité,
Et les mille milliards de lieues
Expirent aux profondeurs bleues
Comme un fouffle en l'Éternité !

Autour de ces étoiles blondes,
Par milliers circulent des mondes
Que peuplent des humanités ;
Et toutes échangent entr'elles,
En radieufes étincelles,
Leur vie & leurs pures clartés !

Car nulle ne va folitaire,
Et chaque étoile eft folidaire
De l'autre, au fein du firmament ;
De la plus pâle à la plus belle,

C'eſt une lumineuſe échelle
Qui vers Dieu monte inceſſamment!

Pur eſprit, inerte matière,
Tout eſt un; penſée & lumière,
Atome & ſoleil, tout eſt un!
Tout ce qui vit, tout ce qui penſe,
Puiſe la force & l'exiſtence
Dans le grand réſervoir commun!

L'âme, qui palpite & treſſaille,
Et l'humanité qui travaille
Et lutte & ſouffre avec ardeur;
Souffles émanés de Dieu même,
Tentent, par un effort ſuprême,
A remonter vers leur auteur !

Rien ne périt, tout ſe tranſforme!
De l'humble plante à l'aſtre énorme,

Tout tend vers un deftin meilleur;
Et quand une étoile s'efface,
C'eft une humanité qui paffe
Sur un aftre fupérieur!

O! fublime échelle de vie,
Je t'ai contemplée & fuivie
Avec un faint raviffement;
Je t'ai vue à travers les mondes,
Et les fphères que tu fécondes,
Éternel éblouiffement!

J'ai vu des globes magnifiques
Baignés dans les rayons magiques
De triples foleils; pur féjour
Où tout eft joie, où la Nature
N'écrafe plus la créature,
Où la haine cède à l'amour!

Là, l'homme a vaincu l'ignorance,
Dompté le mal & la fouffrance;
Par la matière & par l'efprit
Il eft noble & grand ! La fcience
Lui trace un horizon immenfe,
Et Dieu, qu'il connaît, lui fourit!

C'eft là le beau pays des rêves,
Pays doux & délicieux
Où, comme le flot fur les grèves,
L'éther chante fon hymne aux cieux!

Pays des grandes harmonies,
Des effors libres & puiffants
Et des exiftences bénies
Et des foleils refplendiffants!

VIII.

Point de fin, toujours l'étendue !
Mon âme s'y plonge éperdue
Et l'interroge avidement !
Et, des profondeurs lumineufes,
L'écho des grandes nébuleufes
Répond : « Tout eft commencement ! »

Car, bien loin des mondes vifibles,
Aux régions inacceffibles,
Même à tes afpirations,
Nous flottons, féconde pouffière,
Où Dieu pétrit dans la lumière
Ses futures créations !

Et de ces fphères radieufes
Sortaient des voix mélodieufes
Qui difaient : — Gloire au Créateur !
Et dans l'harmonie & la flamme ,
Je fentais fe fondre mon âme
Au milieu d'un calme enchanteur!

Ainfi je parcourais l'efpace... !
— La nuit, de fon fouffle de glace ,
Baifa mon front ; j'ouvris les yeux :
J'étais feul , enveloppé d'ombre ,
Les étoiles , dans la nuit fombre ,
Souriaient, bien haut, dans les cieux!

Adieu, charmant pays des rêves,
Pays doux & délicieux
Où , comme le flot fur les grèves,
L'éther chante fon hymne aux cieux :

E

IX.

Rêve ? non, ce n'eſt point un rêve,
Et lorſque mon âme s'élève
Juſqu'en ces ſublimes hauteurs,
C'eſt Dieu même qui la convie
Aux grandes fêtes de la vie
Où ſe révèlent ſes ſplendeurs !

Oui, Seigneur, c'eſt toi qui m'appelles,
Alors que, déployant mes ailes,
Je plane au ciel d'un vol altier !
J'attends ! pourquoi ferais-tu naître
En moi cette ſoif de connaître
Si je dois mourir tout entier !

*
* *

Je te verrai, pays des rêves,
Pays doux & délicieux
Où, comme le flot fur les grèves,
L'éther chante fon hymne aux cieux!

PRIÈRE DU SOIR.

« Sachons, au moins, nous fouvenir
« de Dieu & de fa providence, quand
« fes fléaux nous vifitent... & deman-
« dons-nous à nous-mêmes fi nous
« n'avons pas fait monter au ciel le cri
« de quelque grande iniquité qui ap-
« pelle enfin la juftice ! »

Mgr Dupanloup, *évêque d'Orléans*
(Lettre du 9 octobre 1866).

PRIÈRE DU SOIR.

I.

Il prêchait, & fa voix éclatait, fombre & dure ,
Dans la profonde nef de cette églife obfcure
    Où l'écho la répercutait
Comme les grondements des menaçants tonnerres,
Sous les arbres géants des forêts féculaires !
    La foule tremblante écoutait !

Il difait : « Dieu vous voit, du haut de fa puiffance;
« Oh! pécheurs endurcis, redoutez fa vengeance;
  « Il compte vos iniquités !
« Craignez par vos forfaits d'appeler fa juftice,
« Il réferve aux pervers un éternel fupplice;
  « Craignez fes regards irrités !

« Priez-le fans relâche & que votre exiftence
« S'écoule dans le jeûne & dans la pénitence!
  « Fuyez le monde & fes plaifirs !
« La Terre eft un féjour maudit, qui la détefte
« Pourra feul détourner la colère célefte;
  « Elle eft pleine d'impurs défirs ! »

II.

On avait allumé fix grands cierges de cire
  Dont la vacillante clarté

Clignotait dans l'obfcurité,
Comme des yeux ardents qui s'efforcent de lire
Sur le front le fecret des cœurs;
Regards perçants d'inquifiteurs
Qui donnent le friffon & portent le délire!

Nous étions entrés en ce lieu
Pour adorer & louer Dieu,
Ce Dieu que tout révèle & dont l'homme contemple
Dans l'immuable immenfité
La puiffance & la majefté!
Nous nous étions affis, tous deux, au fond du temple!

Et ce n'étaient que durs accents,
Propos vengeurs & menaçants,
Qui, montant vers la voûte, agitaient les ténèbres
Où fe plongeaient les grands arceaux!
C'était comme de noirs oifeaux
Qui s'envolent, le foir, avec des cris funèbres!

III.

Viens, dis-je, en lui prenant la main,
Viens avec moi, ma bien-aimée,
Dans l'atmofphère parfumée;
Cet homme a perdu fon chemin!
Il ne comprend pas qu'il blafphème:
Dieu ne faurait à l'anathème
Vouer ainfi le genre humain!

Viens avec moi, de Dieu lui-même
Tu vas ouïr la grande voix,
Là voix qui dit, tout à la fois:
Je veux qu'on m'adore & qu'on m'aime!
Viens: à tes yeux, comme à ton cœur,
Il révèlera fa fplendeur,
Sa gloire & fa bonté fuprême!

IV.

Nous allâmes tous deux, jufque vers l'Océan,
A travers les genêts, les joncs & les bruyères;
La vague careffait les rocs en fe jouant;
La Nature était calme & femblait en prières!

Le foleil defcendait à l'horizon; la mer
Tranquille s'endormait fous un manteau de brume;
La brife, mollement, rafant le flot amer,
Soulevait çà & là de blancs flocons d'écume!

L'alouette chantait, invifible, au ciel bleu,
Laiffant tomber fur nous fes notes argentines,
Comme une de ces voix fuaves & divines
Qui nous viennent d'en haut pour nous parler de Dieu!

Les goëlands battaient les rochers de leurs ailes
Et décrivaient, au loin, cent tours capricieux;
Et tout auprès de nous les vives hirondelles
Volaient, rempliſſant l'air de petits cris joyeux.

Et Veſper, déchirant ſes voiles de lumière,
Dans l'azur empourpré ſe montrait pâle encor,
Tandis que le ſoleil, à ſon heure dernière,
Globe de feu, roulait parmi des vagues d'or!

Aſſis ſur le ſommet de la falaiſe nue,
Rêveurs, nous admirions ce ſpectacle impoſant;
De la terre au ſoleil, de la mer à la nue,
Nous ſentions Dieu partout & ſon ſouffle puiſſant!

La nuit, avec lenteur, déployait ſes longs voiles;
La mer phoſphoreſçait ſur les rocs & chantait;
Le ciel s'illuminait & ſe peuplait d'étoiles;
Pour l'office du ſoir le Temple s'apprêtait.

V.

Entends-tu ces voix inconnues,
Sortant de la terre & des airs,
De la mer immense & des nues
Et de la nuit & des éclairs ?
Harmonieuses mélopées,
Qui retentissent, chants divins,
Comme des notes échappées
A la harpe des séraphins ?

Enfant, écoute & te recueille,
Enfant aimée, écoute & vois :
Le zéphyr agite la feuille,
L'oiseau gazouille au fond des bois ;

La brife dans les joncs foupire,
L'infecte bruit fous le gazon,
Sur les plages le flot expire
Et l'éclair luit à l'horizon !

Vois-tu flotter, comme des vierges,
Au ciel ces beaux nuages blancs?
Dieu lui-même allume fes cierges,
Vois ces aftres étincelants !
Sens-tu les odeurs pénétrantes
Des algues & des goémons ,
Et les effluves enivrantes
Que la brife apporte des monts?

Dis-moi fi les temples de pierres
Ont cet éclat, cette grandeur ,
Et ces parfums & ces lumières
Et cette éloquente fplendeur !

Si les cantiques, les prières,
Par de gros chantres récités,
De ces grandes voix printanières
Ont les douces fuavités !

Sens-tu le befoin en ton âme,
Non de gémir & d'implorer
Ce Dieu que tout ici proclame,
Mais de bénir & d'adorer ?
Dis-moi quel efprit te pénètre
En ce temple immenfe & fans fin,
Temple augufte où tout homme eft prêtre,
Qu'agite le fouffle divin ?

VI.

Son regard defcendait du ciel jufqu'à la terre,
Sa lèvre fouriait ; elle dit : Autrefois

Je tremblais devant Dieu, redoutant fa colère,
Mon âme friffonnait à l'afpeçt de fes lois!

Ami, je n'ai plus peur; Dieu veut qu'on aime & croie;
Il eft clément & bon; tout nous dit d'efpérer;
Dieu ne peut pas guetter, comme un vautour fa proie,
Notre âme pour l'étreindre & pour la torturer!

Des deux temples mon cœur a fait la différence:
L'un eft plein de terreur, l'autre eft plein de bonté!
L'un nous dit: Châtiment! l'autre répond: Clémence!
Là-bas, c'eft l'Homme, ici c'eft la Divinité!

MÉPRIS.

« . . . Il n'exifte qu'un être
« Que je puiffe toujours & conftamment connaître,
« Sur qui mon fentiment puiffe enfin faire foi !
« Un feul, je le méprife, & cet être c'eft moi ! »

A. DE MUSSET.

MÉPRIS.

Non, cela n'eſt pas vrai, tu te mens à toi-même !
Non, ce dédain ſuperbe & ce hautain mépris
Qui déverſent à l'homme une injure ſuprême,
C'eſt un maſque éclatant que ton orgueil a pris !

Oui, le cerveau de l'homme eſt un chaos, un monde ;
Tout s'y heurte : le bien, le mal, le laid, le beau,

Le vice & la vertu, le fublime & l'immonde,
Le vif éclat du jour & l'ombre du tombeau!

Mais il eft un flambeau dont ce chaos s'éclaire,
Un flambeau qui, fur lui, verfe plus de clarté
Que le brillant foleil n'en répand fur la terre
Pour diffiper des nuits l'épaiffe obfcurité!

Mais il eft une force en l'homme, force immenfe,
Qui l'arme pour le bien contre l'iniquité :
Le célefte flambeau fe nomme : Confcience,
Et la force du beau s'appelle : Liberté!

Le porc ne choifit pas, il fe vautre en la fange;
L'ange ne choifit pas, il plane dans l'azur!
L'homme eft libre & choifit, il eft plus grand que l'ange;
Il fent qu'il eft fublime ou fait qu'il eft impur!

Et c'eſt là ce qui fait ſa grandeur ; c'eſt la lutte !
C'eſt qu'il n'eſt pas ſoumis à de fatals inſtincts ;
C'eſt qu'il peut ſe dreſſer plus noble après la chute ;
C'eſt que Dieu l'a fait ſeul maître de ſes deſtins !

C'eſt qu'il diſcerne & juge ; c'eſt qu'en dépit du mal,
Seul être conſcient dans ce monde viſible ,
Aux horizons lointains il pourſuit l'idéal ,
Et qu'aux ſplendeurs du vrai ſon âme eſt acceſſible !

Pourquoi donc ce mépris , & de quoi te plains-tu ?
Oui , ſous tout crâne humain la tempête s'agite ;
Mais vois, il eſt un pôle unique , la vertu ,
Et ſans ceſſe vers lui le monde entier gravite !

L'ouragan quelquefois ſe déchaîne ; les mers
Bondiſſent en hurlant, le ſol tremble , la foudre
En longs déchirements éclate dans les airs !
Les grands monts ébranlés vont ſe réduire en poudre !

Non ! déjà le foleil d'un rayon clair & pur
A diffipé la nue ; on renaît, on refpire ;
La mer renvoie au ciel fes doux reflets d'azur ;
Les autans fe font tus & la brife foupire !

Tout eft paix & lumière & fourire & fplendeurs.. !
— Ainfi de l'homme, ainfi quand le choc formidable
Des paffions foulève, aux fombres profondeurs
De fon âme, un orage au fouffle redoutable,

S'il y verfe un rayon de la pure clarté
Qu'il porte en lui, foudain & l'envie & les haines
Et l'orgueil, tout fondra, comme au foleil d'été,
La froide neige fond fur les cîmes hautaines !

L'homme eft tout à la fois & fublime & chétif !
Ne lui jette donc pas le mépris & l'outrage ;
Et, loin de le tenir en fa fange captif,
Montre-lui l'idéal & foutiens fon courage !

Car, vois-tu, ce n'eſt pas vers le gouffre béant
Où s'agite le mal qu'il faut pencher nos âmes,
Même pour le haïr : le Mal, c'eſt le néant,
Son afpeƈt eſt malſain, ſon ivreſſe eſt ſans flammes !

Ce qu'il faut, c'eſt lever & ſon front & ſon cœur ;
C'eſt oppoſer au mal une âme haute & fière,
Et s'armant pour le beau d'une noble vigueur,
En contemplant le ciel, pourſuivre ſa carrière !

A MON AMIE.

« Ce que l'homme, ici-bas, appelle le génie,
« C'eſt le beſoin d'aimer ! hors de là tout eſt vain ! »

A. DE MUSSET.

*
* *

« L'amour eſt une mélodie
« Que Dieu chante au cœur des élus !
« L'amour eſt une maladie
« Dont les méchants ne ſouffrent plus ! »

AMÉDÉE M.

E*

STANCES.

I.

Dɪs-ᴍoɪ pourquoi, malgré le radieux fourire
Qui tombe de ta lèvre & defcend jufqu'à moi,
Malgré ton regard pur & limpide où refpire
Le plus ardent amour, l'efpérance & la foi,
Quand fur ton fein penché je t'adore & t'admire,
Dis-moi pourquoi mon cœur reffent un vague effroi?

II.

Dis-moi pourquoi fouvent je treffaille & je pleure,
Dis-moi pourquoi je tremble & fouffre, même à l'heure
Où ton baifer fuave, à ce cœur agité,
Daigne verfer la joie & la félicité?
Eft-ce que de fon fouffle un doute impur m'effleure?
De ce mal odieux ferais-je tourmenté?

III.

Non, non, je crois en toi plus encor qu'en moi-même;
De ton cœur généreux mon cœur n'a pas douté,
Je crois en ton amour, je crois en ta bonté,
Je crois en ta parole, ô mon ange, & je t'aime!
Ton amour, de ma vie, eft le charme fuprême,
C'eft mon raviffement & c'eft ma volupté!

IV.

Mais nous fommes d'un monde où les plus faintes chofes,
Les plus nobles amours, les efprits les plus droits,
S'ils ne favent plier aux ufages morofes,
S'ils ne veulent marcher en ces chemins étroits
Où le chardon pullule à la place des rofes,
Sont réputés impurs & rebelles aux lois;

V.

Où l'on ne peut aimer qu'avec toute licence,
Ou du maire ou du prêtre; où l'âme, dès l'enfance,
Apprend à fe courber fous un commun niveau;
Où le préjugé règne; où tout faible cerveau
Tourne en fon cercle étroit & fous fon influence
Prend l'amour du vulgaire & le mépris du beau!

VI.

Et j'ai peur, oui, j'ai peur que la foule impudente,
En voyant cet amour, ô fublime imprudente !
Que tu n'as fu cacher dans le fond de ton cœur,
Inhabile à fentir fa force & fa grandeur,
Le venant profaner d'une langue mordante,
Ne t'apporte un regret, peut-être une douleur !

VII.

Mais tu le fais bien, toi, tu fais que ma tendreffe
N'eft point de celles-là qui vont cherchant l'ivreffe,
Que tourmentent les fens & l'attrait du plaifir,
Et s'éteignent à l'heure où s'éteint le défir !
Ce font des biens plus grands, ô belle enchantereffe !
Qu'en tes regards charmants je m'efforce à faifir !

VIII.

Ce que je te demande, enfant, c'eſt le délire,
L'enthouſiaſme ardent, le rayonnant eſpoir ;
Tout ce qui péut charmer, ennoblir, émouvoir !
C'eſt l'inſpiration! Mon cœur eſt une lyre
Qui vibre fous tes doigts comme un faule foupire,
Au fouffle parfumé de la briſe du foir !

IX.

Un fourire de femme enfante des miracles..!
C'eſt un miracle auſſi que je demande au tien !
C'eſt de me rendre fort pour le juſte & le bien.
La Nature a, pour moi, de fublimes fpectacles ;
C'eſt fur ton front aimé que je lis fes oracles !
Tu feras ma vertu, tu feras mon foutien !

X.

Je ne fuis pas de ceux de qui le cœur s'enflamme
Selon leur convenance & s'éteint à fon gré ;
Je ne fuis pas de ceux qui, maîtres de leur âme,
Savent à leur tendreffe impofer un degré.
Je répugne au calcul : qu'on m'approuve ou me blâme,
J'aime avec tout mon être & n'en ai point regret !

XI.

Viens, nous carefferons de fuaves images...
— O mon doux féraphin ! te fouvient-il encor
De cette heure bénie où, du fein des nuages,
Le foleil fur nos fronts verfait fes rayons d'or
Et de fes derniers feux empourprait nos vifages ?
Dans l'éther calme & bleu nous prenions notre effor.

XII.

Alors, je te difais : Le ciel entier fe mire
En tes yeux adorés! c'eft là que je veux lire
Ses myftères facrés & fa fublime loi!
Puiffance de l'amour! Enfant, regarde-moi :
L'homme naît d'un baifer, l'âme naît d'un fourire ;
Mon âme attend pour naître un fourire de toi!

XIII.

Et tu me fouriais, & je me fentais vivre !
La nature s'ouvrait, devant moi, comme un livre
Dévoilant les fplendeurs de la terre & des cieux.
Ce n'étaient qu'harmonie & chants délicieux ;
Effluves & parfums dont la douceur enivre,
Rayons, lumière, azur...! Et je baifais tes yeux.

XIV.

Ce que je veux qu'en moi ton amour faffe éclore,
C'eft la fleur odorante & la limpide aurore,
C'eft la grande penfée & le défir du beau;
La fainte poéfie, enfin, divin flambeau
Dont la flamme viendra, fur toi, répandre encore
Ses purs rayonnements au-delà du tombeau !

XV.

Les amours périront qui reftent infécondes
Et ne verfent aux fens que voluptés immondes!...
Même en dépit des ans les nôtres dureront;
Et quand, dans le trépas, nos corps fe diffoudront,
Parmi les aftres d'or & les étoiles blondes,
Chaftes filles du ciel, elles s'envoleront!

XVI.

Non, de telles amours ne font pas chofes vaines :
Pour les faire plier aux pauvres lois humaines
Il faudrait les brifer! veux-tu brifer ton cœur?
Du vulgaire ignorant le fourire moqueur
Ne les atteindra point en ces hauteurs fereines,
Et rien n'en ternira l'éclat ni la fplendeur!

XVII.

Viens, tu me ferviras la célefte ambroifie,
Sur tes lèvres j'irai puifer la Poéfie !
D'immenfes horizons, pour moi, feront ouverts!
D'un délire facré mon âme pourfuivie
Saura, pour chanter Dieu, fa gloire, l'univers,
Ta grâce & ta bonté, trouver de nobles vers !

XVII.

C'eſt ainſi que je ſens, c'eſt ainſi que je t'aime!
Et je plains le cœur froid qui demeure fermé,
Qu'un grand & ſaint amour n'a jamais enflammé!
Aimons! & quand pour nous viendra l'heure ſuprême,
Ne crains rien, en dépit de nos erreurs, Dieu même,
Enfant, nous fourira, car nous aurons aimé!

Janvier 1867.

11.

Enfant, toi dont la lèvre aime à boire à longs traits
Le célefte nectar à la coupe facrée,
Pour qui la Poéfie a de fi doux attraits,
Toi, de l'amour du beau faintement enivrée,

Écoute-moi : je veux répandre devant toi,
Ainfi qu'une onde pure & limpide, mon âme;
Tu fauras mon efpoir, tu connaîtras ma foi,
Le défir qui m'agite & l'ardeur qui m'enflamme.

Je t'aime ! ton regard limpide & velouté
Eft defcendu fur moi comme un rayon célefte,
Enveloppant mon être; à fa douce clarté
L'ombre s'enfuit, un jour nouveau fe manifefte !

F

Ainfi, quand le foleil à l'horizon lointain
Comme un divin foyer fur les grands monts s'allume,
Ruiffelants de lumière aux baifers du matin,
On les voit fecouer leurs longs voiles de brume.

A ton fourire ainfi mes yeux fe font ouverts,
La lumière s'eft faite en mon âme ravie ;
Oublieux du paffé, des maux que j'ai soufferts,
J'adore en ton amour les fplendeurs de la vie !

Car j'allais, dans la nuit, trifte & feul, au hafard,
Aux ronces du chemin bleffant mes mains meurtries,
Et maintenant je vois s'offrir à mon regard
Les coteaux verdoyants & les plaines fleuries,

Et la mer calme & bleue & le fougueux torrent
Au milieu des rochers précipitant fes ondes,
Et les fombres foréts, & l'azur tranfparent,
Et l'horizon vermeil dorant les moiffons blondes !

Je fouffrais ; bien fouvent en mon cœur oppreffé
Le doute apparaiffait, mer finiftre & fans bornes ;
Je combattais, hélas ! comme un foldat bleffé,
Je retombais, fans ceffe, en mes trifteffes mornes !

Je doutais ! maintenant j'ai foi ; j'efpère & crois,
Je crois au noble, au beau ! comme à travers la flamme
Du foleil j'aperçois la Nature, je vois
Refplendir l'idéal, Ange, à travers ton âme !

L'idéal, ce n'eft point un mépris fier & dur,
Un orgueilleux dédain de la terre où nous fommes ;
C'eft le culte du grand, du parfait & du pur,
Tout ce qui peut donner paix & bonheur aux hommes.

Viens, pofe fur mon fein ton front délicieux,
Ton front qu'une auréole éclatante environne,
Couronne de clarté qui rayonne à mes yeux
Comme la blanche nimbe au front d'une madone.

Je t'aime! fouris-moi! pendant l'éternité
Je voudrais contempler ton radieux vifage!
Je t'aime, n'es-tu pas la grâce, la beauté?
Je t'aime, n'es-tu pas ma gloire, mon courage?

Regarde-moi! je vois ton âme dans tes yeux!
Viens, nous irons tous deux loin des terreftres fphères,
Nous irons, careffant des fonges gracieux,
Voguer au doux pays des riantes chimères!

Il eft fi bon, parfois, quand fous l'âpre rigueur
Des inflexibles lois que les hommes ont faites,
Comme en un dur étau l'on fent brifer fon cœur,
Du rêve il eft fi bon d'efcalader les faîtes!

Il eft fi bon d'aimer, & la main dans la main
De s'en aller, à deux, aux rives lumineufes
Et paifibles où vient mourir tout bruit humain
Comme la vague expire aux plages fablonneufes!

Va ! Dieu ne défend pas d'aimer, & s'il a fait
L'étoile radieufe & la fleur parfumée,
C'eft qu'il veut qu'on les aime & qu'il eft fatiffait
Quand d'un fublime amour notre âme eft enflammée !

Fleur, de ton doux parfum je me veux enivrer ;
Aftre, de ton éclat ma vue eft éblouie ;
Que faire de la vie, à moins de t'adorer,
Chère Mufe, aux baifers du ciel épanouie ?

Aimons-nous, aimons-nous ; regarde-moi toujours ;
Dans un de tes regards je mets ma vie entière ;
Ton amour eft la force & l'efpoir de mes jours,
Et ton fourire en eft la joie & la lumière !

III.

Je t'aime ! eſt-il un mot, ô ma chère adorée,
    Un mot qui ſoit plus doux & plus délicieux ?
N'eſt-ce pas le pivot de la langue ſacrée
        Qu'on doit parler aux cieux ?

Je t'aime ! notre terre au ſoleil qui l'éclaire
Ne le dit-elle point, quand, eſſuyant ſes pleurs
Un matin de printemps, elle écrit pour lui plaire
        Ses poèmes de fleurs ?

Je t'aime ! l'océan le dit-il point aux plages
Quand ſon flot careſſant, chaque jour par deux fois,
Les enlace, chantant ſa grande hymne aux rivages
        Qui tremblent à ſa voix ?

Je t'aime! le ruiffeau le dit à la campagne
Qu'il arrofe, l'infecte au brin d'herbe, l'oifeau
A la naiffante aurore & l'aigle à la montagne
    Et la brife au rofeau.

Je t'aime! le zéphyr le murmure à la rofe
En buvant fur fon fein la perle qu'y verfa
La nuit, larme odorante en fon calice éclofe
    Et que l'amour baifa.

Je t'aime! au firmament les fphères lumineufes
L'écrivent en bouquets de feu; l'immenfité
Le dit à Dieu, la pluie aux plaines fablonneufes
    Et l'art à la beauté!

Je t'aime! c'eft le mot univerfel, c'eft l'âme
De la création; c'eft la fuprême loi;
Partout elle eft écrite, écrite en traits de flamme,
    Et c'eft ma vie à moi!

Je t'aime ! & j'ai connu ces chofes qui font vivre
Un fiècle en un inftant, ô brillant féraphin ;
Et ces regards brûlants dont mon âme s'enivre
        Et les rêves fans fin !

                    .

Je t'aime ! & je connais cette joie infenfée
Que fait naître un fourire & les mornes douleurs ;
L'efpoir aux ailes d'or, & les fombres penfées,
        J'en veux vivre & j'en meurs !

                    .

IV.

J'ai reçu ton ferment; tu l'as juré, ma belle,
    Ta vie est à moi, fans retour !
Je crois en toi, je crois que tu feras fidèle
    A ton ferment, à ton amour !

Je ne fais rien de bon, de grand comme ton âme,
    De généreux comme ton cœur !
Je ne fais rien de pur, d'ardent comme la flamme
    De ton regard, mon doux vainqueur !

Tout, de toi, me ravit & me charme & m'enivre ;
    Les tendres accents de ta voix,
Tes baifers fous le feu defquels je me fens vivre,
    Vivre & mourir tout à la fois !

Ton haleine aux parfums fuaves, ton fourire
    Chaud comme un rayon de foleil,
Tout m'enchante ! & je bois à longs traits le délire
    Sur tes lèvres au ton vermeil !

Va, tu n'auras regret de m'aimer, je te jure ;
    Car, moi, je te veux adorer ;
Je veux d'une tendreffe inaltérable & pure,
    Cher ange, à jamais t'entourer !

Je veux que de bonheur ton être entier rayonne ;
    Je veux, de fleurs, femer tes pas,
Et fur ton front aimé pofer une couronne
    Que les ans ne faneront pas !

Je ne la ferai point d'or, ni de pierreries,
    D'argent, de perles ni de fleurs ;
J'ai vu des fleurs, en foule, & des perles flétries,
    Des rubis perdre leurs couleurs ;

Je la veux des clartés de la naiffante aurore ;
        De l'azur du ciel de Baïa !
D'un fourire d'archange, & j'y veux mettre encore
        Le plus clair rayon de Wéga !

V.

J'ai fait un rêve étrange, amie, écoute-moi :
  Sur le bord d'un chemin tu t'étais repofée,
Et je te contemplais, à genoux devant toi ;
Autour de nous montait un voile de rofée !

C'était la nuit ; mais ton doux regard m'éclairait ;
Dans ma tête roulait un monde de penfées ;
Et tu me fouriais, & ta lèvre effleurait
Ma lèvre, & nous difions des chofes infenfées !

Nous étions là, tous deux, en extafe, ravis,
Éperdus, enlacés, quand foudain tout mon être
Sembla fe dilater ; toi-même, je te vis
Figure éthéréenne en mes bras apparaître !

Et ton corps devenait tranſparent & léger,
Revêtant la blancheur des brumes vaporeuſes;
En être aérien je me ſentais changer;
Et le zéphir avait des notes amoureuſes!

Et du ſol doucement nous étions enlevés;
Et nous nous envolions bien par-delà les ńues,
Dans les eſpaces bleus, ſéjours longtemps rêvés,
Des extaſes ſans fin, des amours inconnues!

Et nous montions toujours vers les champs étoilés!
Nous flottions dans l'éther comme ces blancs nuages,
Qu'on voit errer le ſoir aux cieux demi-voilés,
Vague & pâle reflet des terreſtres images!

Et nos êtres parfois ſe pénétraient; alors
Nous étions confondus en un ſeul & même être!
Nous n'avions plus qu'une âme à nous deux & qu'un corps;
Les aſtres, ſouriant, ſemblaient nous reconnaître!

Puis, je te revoyais, tu souriais encor;
Et je cueillais, pour toi, de beaux bouquets d'étoiles;
Et plus haut, vers le ciel, nous prenions notre essor;
La terre se cachait, à nous, sous de longs voiles!

Nous n'entendions plus rien, ni ses cris, ni ses pleurs;
Nous allions, inondés d'une céleste joie,
Dans l'espace sans borne, oubliant les douleurs
Et tous les maux cruels auxquels l'homme est en proie!

C'étaient, autour de nous, des chants délicieux,
De suaves concerts où des voix séraphiques,
Pour chanter l'Éternel & la splendeur des cieux
Et l'amour, éclataient en accents magnifiques!

Nous étions morts, bien sûr! Au séjour idéal,
En un baiser suprême à jamais réunies,
Nos âmes s'enivraient d'un bonheur sans égal
Et se plongeaient au sein des pures harmonies...!

VI.

Laissez-moi donc un peu travailler, je vous prie,
Je voudrais bien finir ce poème ; dormez !
Mais qu'en dormant encor votre lèvre fourie
Et dife en fouriant ainfi que vous m'aimez !
Car, comment voulez-vous que je puiffe, ô ma Reine !
Nouer une penfée à l'autre , quand je fens
Courir dans mes cheveux friffonnants votre haleine,
Quand votre voix me berce ainfi de doux accents?
Quand votre blanche main fe pofe avec tendreffe
Sur ma main qui treffaillé & quand de vos grands yeux
Le limpide regard m'étreint & me careffe
Comme un foleil de mai de fon rayon joyeux?

Une heure, tout au plus, je vous demande une heure !
Eft-ce trop? Songez donc, mon amour, qu'il me faut

Du lointain idéal entr'ouvrir la demeure
Et que je veux aller, en l'éther bleu, bien haut
Demander leur fecret aux étoiles limpides
Que vous interrogez de vos beaux yeux avides,
Et que nous aimons tant à contempler le foir !
Pour vous le dire en vers je voudrais bien favoir
Si la vie eft là haut plus complète & plus belle,
Et l'amour plus durable & plus ferme la foi !
Si l'homme eft plus heureux & fi l'âme immortelle...?
—Pourquoi fouriez-vous, vous vous moquez de moi ?
Oh ! vous avez raifon, mon cher Tréfor, je rêve
Et je ne fuis qu'un fou ! Dans un ciel ignoré,
Convoitant je ne fais quels bonheurs, je m'élève
Et j'ai là, près de moi, votre front adoré !
Je m'en vais, demandant aux aftres leur lumière
Et j'ai vos purs regards ! Au fein du firmament
Je pourfuis une vague & lointaine chimère
Et j'ai votre fourire ineffable & charmant !
Pardonnez & venez près de moi, je vous aime !
Eft-il rien de meilleur que de vous adorer ?

Si les anges du ciel vous reffemblent, Dieu même
Doit avoir du bonheur à les confidérer !
Pardonnez ma folie ! Aux fphères inconnues
Vous ayant là, j'ofais chercher un bien plus doux !
Je n'irai plus jamais rêvaffer dans les nues :
Qu'y pourrais-je trouver de plus parfait que vous ?

14 février 1867.

VII.

ELLE vint près de moi, timide & rougiffante ;
Le feu riait dans l'âtre & pétillait gaîment,
Et la lampe verfait fa lueur careffante
Sur fes yeux demi-clos & fur fon front charmant !
Et je lui pris la main, elle.était frémiffante.
L'Aquilon faifait rage au dehors & hurlait :
On eût dit d'un lion la voix rauque & puiffante.

Je lui dis doucement : Qu'avez-vous, s'il vous plaît,
Mon cher Tréfor, la peur entre-t-elle en votre âme ?
Que craignez-vous ? voyez, l'ouragan en fureur
Ne fait pas feulement vaciller cette flamme !

Soyez calme à l'abri de ce toit protecteur.
Qu'importe qu'au dehors l'aquilon fiffle & gronde,
Dans ce réduit, exprès capitonné pour vous,
Gracieux nid d'amour que le fourire inonde,
Vous pouvez bien braver la tempête en courroux.
Voulez-vous vous affeoir près de moi? je vous aime!
. N'êtes-vous point heureufe? eft-ce que de ma voix
Les accents difent mal que mon bonheur fuprême
Eft de vous adorer? en doutez-vous, parfois?

Elle baifa mon front & dit : Ce qui m'oppreffe
Et me trouble & m'effraie, ami cher à mon cœur,
Ce n'eft point la terreur, le doute ou la trifteffe;
C'eft, le fentez-vous point? l'excès de mon bonheur!
Je fuis là, près de vous, votre active tendreffe
De foins ingénieux m'entoure inceffamment;
Votre parole eft comme une hymne enchantereffe
Et moi je vous écoute avec raviffement!
Vous m'aimez, je le fens, & moi je vous adore;
Tout chante, tout fourit, tout aime autour de moi;

Ma vie a la fplendeur de la limpide aurore!
Alors je me demande, avec un vague effroi,
Ce que j'ai fait au ciel pour être tant heureufe,
En quoi j'ai mérité tant de félicité?
Écoutez: le vent hurle & la nuit eft affreufe,
Il fait fombre, il fait froid, le ciel eft irrité;
La pluie à longs flots tombe & fans doute à cette heure
Où j'ai là, grâce à vous, tant de joie en mon cœur,
Des pauvres, par milliers, au fond de leur demeure,
Subiffent de l'hiver la cruelle rigueur!
Ils font fans feu, fans pain & fans amour, peut-être!
Et moi je cherche en vain, hélas! ce que j'ai fait
Pour avoir en partage, ami, tant de bien-être
Et jouir, près de vous, d'un bonheur fi parfait!
Ah! vous comprenez bien que lorfque ma penfée
Des hauteurs où je fuis, defcend vers ces douleurs,
Moi qui me fens, par vous, fi tendrement bercée,
Je laiffe à ma paupière arriver quelques pleurs,
Et me demande, enfin, fi ce n'eft point un crime,
Quand tant d'infortunés gémiffent dans la nuit,

De planer, bien loin d'eux, en la fphère fublime
Où rayonne l'amour, où la lumière luit?

— Laiffez couler les pleurs qui gonflent vos paupières,
O généreufe enfant, noble fille du ciel!
De telles larmes font les plus faintes prières,
Et comme un encens pur montent vers l'Éternel!
Oui, ces prières-là, mon doux ange, ces larmes
Aux regards du Seigneur font pour l'Humanité
Qui fouffre & qui combat les plus puiffantes armes;
Car elles font que Dieu fourit avec bonté
A la Terre, où parmi d'immondes créatures,
Parmi tant de douleurs & de vices hideux,
Il voit des cœurs fi bons & des âmes fi pures!
Êtres bénis qui vont répandant autour d'eux
Comme un parfum divin l'efpérance & la joie!
Pourquoi fouffririez-vous? vous êtes la Beauté,
Et votre miffion eft d'enfeigner la voie
A ceux qui n'ont point vu la célefte clarté!

Sur vos lèvres laiſſez flotter votre ſourire,
Les cœurs comme le vôtre, ô mon Ange! ſont faits
Pour montrer de l'amour l'immenſe & doux empire
Et de Dieu, ſur ce monde, appeler les bienfaits!

25 février 1867.

VIII.

Chanson.

AIMES-TU la molle careſſe
D'un vers palpitant & joyeux
Qui ſur un cœur ému ſe preſſe
Comme une écharpe aux plis ſoyeux ?

Aimes-tu ces rêves étranges,
Qui vous raviſſent au ciel bleu,
Où vous effleurent, les Archanges.
De leurs ailes couleur de feu ?

Aimes-tu les vagues penſées,
Les pleurs ſans cauſe, les ſoupirs,
Les eſpérances inſenſées
Et les rayonnants ſouvenirs ?

Aimes-tu les douces paroles,
Les fourires délicieux,
Les chauds baifers, les rimes folles
Qui s'envolent gaîment aux cieux?

Parle, aimes-tu toutes ces chofes.:
Car moi, je te les donnerai;
Viens, j'emplirai mes mains de rofes,
Cher Ange, & t'en couronnerai?

IMPRESSIONS ET SOUVENIRS.

LE MATIN.

OUTES les voix de la nature
Chantaient, ce matin, devant moi !
La plus chétive créature
Souriait gaîment à fon roi !
Le foleil, écartant les voiles
Où l'aurore l'emprifonnait,
Du ciel bleu chaffait les étoiles,
Et, feul, en maître y rayonnait !

Au fein de la terre ravie
Il verfait, calme & radieux,
Des flots de lumière & de vie !
Et de la terre jufqu'aux cieux
C'était fête, joie & fourire,
Amour, chants gracieux & doux !
La Terre au Soleil femblait dire :
Viens, je t'adore, ô mon époux !

Ainfi fait la vierge timide,
Quand revient l'amant de fon choix,
Le fein palpitant, l'œil humide,
La lèvre entr'ouverte, fans voix,
Elle rougit, tremble & foupire :
La pudeur impofe fa loi ;
Mais tout fon être femble dire :
Ami, je t'adore, prends-moi !

Au ciel azuré l'alouette,
Sur un pommier le gai pinfon,

Et dans un buiſſon la fauvette
Diſaient leur joyeuſe chanſon !
Sur les paquerettes fleuries ,
L'abeille bourdonnait gaîment !
Et mille voix dans les prairies
Leur répondaient ; — concert charmant !

La roſée à chaque brin d'herbe
Suſpendait une goutte d'eau
Qui brillait en reflet ſuperbe ,
Comme le diamant le plus beau !
Les merles ſifflaient dans les branches ;
Les chevreaux commençaient leur jeu ,
Et près d'un ruiſſeau les pervenches
Entr'ouvraient leur calice bleu !

La briſe aux boſquets d'aubépine ,
Par milliers raviſſait des fleurs,
Et les ſemait dans l'herbe fine ,
Parfumant l'air de leurs ſenteurs !

Tout était beau, plein d'harmonie,
Plein de grâce & de majefté ;
Car c'était une heure bénie
Où Dieu révélait fa bonté !

Mon cœur, d'une joie ineffable,
Était pénétré ; je fentais
Dans un tranfport inexprimable
Qu'en Dieu lui-même j'exiftais !
Dieu, c'eft l'amour ! aimer, c'eft être ;
Vers le ciel c'eft prendre l'effor !
L'amour pénétrait tout mon être !
Aimer, c'eft adorer encor !

Avril 1864.

LE CHIEN ERRANT.

A mon fils Maurice.

1.

Il avait reçu plus de cent coups fur l'échine,
Il fuyait éperdu, mais les enfants, cœurs durs,
Le pourfuivaient, riant de fa piteufe mine;
Lui, fe faifant petit, gliffait le long des murs!

Il était crotté, fale & tout couvert de boue;
Et fon poil hériffé n'avait plus de couleur;
Cela les amufait, car l'enfance fe joue
Sans le connaître, hélas! & fe rit du malheur!

Mais les paſſants auſſi, gens brutaux & ſtupides,
Frappaient à coup de pied l'animal qui hurlait,
Et tournait, friſſonnant, vers eux ſes yeux humides;
Était-ce donc ſa faute, à lui, s'il était laid..?

C'était un pauvre chien de campagne, ſans doute,
Égaré par ſon maître & qui, depuis trois jours,
Effaré, par la ville en vain cherchait ſa route,
Errant ſur les trottoirs & dans les carrefours!

Maigre, affamé, craintif; par toutes les voitures
Éclabouſſé, dormant ſous un porche, la nuit;
Fouillant, pour ſe nourrir, parmi les tas d'ordures,
Toujours l'oreille au guet, tremblant à chaque bruit!

On reſpecte le faſte, on aime l'opulence,
Mais la miſère gêne & bleſſe les regards;
Le miſérable même eſt tout plein d'inſolence
Pour elle & pour le riche il eſt rempli d'égards!

Donc, on le pourſuivait de cris & de huées ;
Même, les autres chiens, par leur maître excités,
Le mordaient ; pauvres ſots ! ainſi ſont conſpuées
Par l'eſclave engraiſſé les nobles pauvretés !

II.

Lors, un vieillard paſſa ; ſon aſpect vénérable,
Ses regards indignés ralentirent l'ardeur
De la triſte pourſuite, & le chien miſérable
Se blottit à ſes pieds devinant un ſauveur !

Le vieillard ne vit point s'il était laid & ſale,
Mais il vit qu'il ſouffrait, qu'il était malheureux
Et meurtri, qu'il fuyait une attaque brutale,
Il vit qu'il l'implorait d'un regard douloureux !

Il le prit en fes bras, lui fit mainte careffe,
Lui parla doucement & lui donna du pain !
Le chien clignant de l'œil, d'un air plein de tendreffe
Semblait lui rendre grâce & lui léchait la main !

Soigné par cette main douce & compatiffante,
Il eut repris bientôt fa force & fa beauté !
Gras, propre, bien portant, la prunelle luifante,
Par la ville il s'en fut courir avec fierté !

Et nul ne le battit; même d'un œil d'envie
Ceux qui l'avaient mordu femblaient le regarder!
C'eft ainfi que s'en va toute chofe en la vie !
L'apparence! eft-il rien de plus à demander?

Pourtant, ce pauvre chien affamé, miférable,
Fût devenu méchant & peut-être enragé,
Tandis qu'ayant trouvé cette main fecourable,
En animal fidèle & bon il s'eft changé !

III.

La laideur eſt ſouvent fille de la ſouffrance ;
Si les bons, les heureux, au lieu de la haïr,
Avaient pour elle un mot d'amour & d'eſpérance,
Que d'âmes au bonheur on verrait refleurir !

Et le bonheur rend beau ! C'eſt un rayon céleſte
Aux careſſes duquel le front s'épanouit ;
L'âpre miſère aigrit, ſa voix ſombre & funeſte
Pouſſe au mal ; la beauté tombe & s'évanouit !

Il faut aimer le beau, c'eſt une noble joie :
La vertu, la bonté, les arts, le ciel d'azur,
Les fleurs, la mer immenſe où le ſoleil flamboie !
Mais il eſt un bonheur plus parfait & plus pur :

C'eſt lorſque l'on rencontre, en ſon chemin, un être
Qui, triſte, ſeul & laid, s'en va déſhérité,
De lui verſer ſon cœur & de faire renaître
Son âme au doux eſpoir, ſon front à la beauté !

RÊVER.

RÈVER, c'eſt oublier les douleurs de la terre ;
Rêver, c'eſt s'en aller au ciel bleu, ſolitaire,
  Parmi les horizons ſans fin !
C'eſt ſe vêtir d'azur, d'harmonie & de flamme !
Rêver, c'eſt aimer, c'eſt envelopper ſon âme
  Dans l'aile d'un blanc ſéraphin !

Rêver, c'eſt aſpirer aux choſes inconnues,
Aux clartés que, parfois, le ſoleil verſe aux nues
  Pendant les ſoirs éblouiſſants ;
Rêver, c'eſt aſpirer aux choſes infinies,
A l'immuable amour, aux extaſes bénies,
  Aux ſourires reſplendiſſants !

G

Rêver, c'eſt de ſa main bâtir le temple auguſte
Où l'homme doit entrer, plein d'une foi robuſte ;
  Rêver, c'eſt croire à l'avenir ;
C'eſt croire au juſte, au vrai ; c'eſt croire à l'eſpérance,
Au triomphe du beau ; c'eſt vaincre la ſouffrance,
  C'eſt adorer & c'eſt bénir !

Rêver, c'eſt augmenter ſon être & ſa penſée,
Épanouir ſon cœur, comme la fiancée
  Sous le regard de ſon amant ;
Rêver, c'eſt écouter les voix mélodieuſes
Qui nous parlent du haut des ſphères radieuſes
  Dont eſt peuplé le firmament !

Rêver, c'eſt fuir le mal, les triſteſſes amères ;
Rêver, c'eſt careſſer de lointaines chimères
  Qui deviendront réalité ;
C'eſt prendre ſon eſſor vers ces limpides voies
Qui mènent au pays des amours & des joies,
  Des chants purs & de la beauté !

Rêveurs, foyez bénis; le ciel eft la patrie
Des cœurs aimants & bons; celui qui rêve prie !
    Rêveurs, à vous l'immenfité !
Le rêve, à la grandeur de l'homme, eft néceffaire;
C'eft le phare divin de qui la flamme éclaire
    La marche de l'Humanité !

.LINCOLN.

I.

Du fang, du fang toujours, du fang, horrible chofe!
Eft-ce une loi? faut-il, ô deftin rigoureux,
Que, pour rendre féconde une idée, on l'arrofe
    A jamais d'un fang généreux?

De même que la terre a foif d'eau pour produire
Et les fleurs & les fruits qui fortent de fon fein,
L'idée a-t-elle foif de fang humain pour luire?
    Dieu jufte, eft-ce là ton deffein?

On l'a dit & mon cœur repouſſe un tel blaſphème !
O race aveugle encore , ô faible humanité !
Non , Dieu n'a pas ſur toi prononcé l'anathème ,
    Il t'inonde de ſa clarté ,

Et tu ne veux point voir , & lorſqu'en ta démence
Tu commets un forfait, ton œil épouvanté
Se tournant vers le ciel l'accuſe d'inclémence ,
    Aveugle & faible humanité !

Si , pour germer , l'idée a beſoin de victimes ,
C'eſt la folie humaine & notre vain orgueil,
Mais non le Dieu puiſſant qui commande ces crimes :
    Dieu vit d'amour & non de deuil !

Et loin de nous punir d'aller vers la lumière ,
Sa ſuprême bonté ſourit à nos efforts ;
Non, Dieu n'eſt point jaloux, non, Dieu n'eſt point colère,
    Il eſt l'aide & l'appui des forts !

II.

John Brown à fon gibet agonifait encore,
 A la lueur finiftre des éclairs,
Déjà de grandes voix éclataient dans les aïrs,
Comme le cri de l'aigle au fommet du Ben-More!
 C'étaient des cris d'épouvante & d'horreur,
  Des cris de haine & de colère ;
Et bientôt apparut, déchaînant fa fureur,
  Spectre fanglant, la Guerre !

III.

Ce n'eft point en cherchant la divine clarté,
C'eft en errant dans l'ombre & dans l'obfcurité
 Que le peuple trébuche & tombe ;

C'eſt le crime & l'erreur & non la vérité
Qui doivent être, hélas! devant l'humanité,
    Expiés par une hécatombe!

O peuple d'Amérique! une plaie exiſtait
A ton flanc; un nuage à ton beau ciel reſtait
    Qui groſſit & devint tempête!
L'ouragan éclata, terrible, foudroyant,
Sur ſa route écraſant les hommes, les broyant
    Et qui te fit courber la tête!

Et l'on te vit marcher dans le ſang de tes fils;
Et l'épée accomplit ſon œuvre, & tu ſubis
    Un épouvantable ſupplice!
Et le monde, effrayé par un tel châtiment,
A compris que jamais un peuple impunément
    Ne peut outrager la juſtice!

John Brown ouvrit la voie à l'expiation ;
Et tu vis fe lever des jours d'affliction ;
    Des hommes par milliers tombèrent !
Le vertige te prit ; en tes champs dévaftés
Tu promenas le fer & le feu...; tes cités
    Sous tes propres mains s'écroulèrent !

IV.

Mais un apôtre vint, par le ciel fufcité,
    Chair de ta chair, humble par fa naiffance,
Grand par l'âme & le cœur, fort par la loyauté,
    Le front marqué du fceau de la puiffance.
Et tu le reconnus, tu faluas, en lui,
L'envoyé du Seigneur, ta force, ton appui.
    Simple & grand, jufte & fage,
Exempt d'ambition & méprifant l'orgueil,

Sa noble main, pendant les jours d'orage,
Où chacun de tes pas rencontrait un écueil,
Sa main t'a fauvé du naufrage.
Sans opprimer ta liberté,
Sans faux éclat & fans forfanterie,
Il a, du même coup, vaincu pour la Patrie
Et vaincu pour l'Humanité.
Efclave, il a brifé tes chaînes;
Peuple, il t'a laiffé libre & fort;
C'eft pour ta grandeur qu'il eft mort,
Oublie, enfin, ta difcorde & tes haines!
Peut-être à fuccomber étais-tu condamné
Sans ce facrifice fublime;
Peut-être fallait-il pour expier ton crime
Une illuftre victime?
Lincoln eft mort & Dieu t'a pardonné!

V.

Maintenant ta dette eft payée ;
La grande tache eft effuyée
Qui, dès longtemps, fouillait ton front ;
Reprends ton effor héroïque,
O jeune peuple d'Amérique !
Les cœurs généreux te fuivront !

Reprends ta courfe interrompue,
Montre à l'Europe corrompue
Et qui, depuis l'antiquité
Se débat fous la tyrannie,
Montre ce que peut le génie
Et l'amour de la liberté !

Mais garde-toi de cette ivreſſe
De qui la perfide careſſe
A perdu tant de nations !
Le culte du glaive eſt impie,
Dans la ſervitude on expie
Ces lâches adorations !

Vas, enſeigne à notre vieux monde
Qu'il n'eſt qu'une choſe féconde
Et grande, c'eſt la Liberté !
Que ſon ſouffle puiſſant élève,
Et qu'elle n'eſt point un vain rêve,
Mais l'eſpoir de l'Humanité !

Avril 1865.

GLENCOË.

I.

Le Glen.

ET je m'affis rêveur fur un bloc de rocher,
 Que les efforts des ans ont pu, feuls, arracher
  Aux flancs de la montagne aride ;
Il eft venu rouler au milieu du torrent
Qui, furieux, s'y heurte & l'étreint, déchirant
  A fes angles fon front humide !

Écrafant & farouche eft l'afpect de ces monts
Qui dreffent fièrement, dans la brume, leurs fronts,
  Ainfi que des géants funèbres !
Leur finiftre grandeur épouvante & féduit ;

Ils font tout vêtus d'ombre : on dirait que la nuit
    Oublie autour d'eux fes ténèbres !

La nue en tournoyant s'accroche aux pics chenus,
S'y déchire & s'attache aux efcarpements nus ;
    Et quand parfois elle s'élève,
Le foleil, defcendant fur le roc effrité,
Lui donne je ne fais quelle vague clarté,
    Comme on n'en voit que dans le rêve !

Des milliers de torrents tombent, en mugiffant,
De ces puiffants fommets & vont, rebondiffant,
    Dans les déchirures profondes ;
Il femble voir, au loin, de longs chapelets blancs
Qui s'enroulent autour des formidables flancs
    De ces montagnes infécondes !

Pas un arbre ; des rocs que la mouffe a mordus,
De grands cônes partout déchirés & tordus,
    Chaos étrange & gigantefque !

Un cri d'aigle parfois retentit, on dirait
Un râle de damné! tout cela m'apparaît
     Comme un coin de l'enfer dantefque!

On fe croirait au fond d'un immenfe tombeau ;
On friffonne & pourtant c'eft fublime & c'eft beau,
     Et l'âme prie & fe recueille!
Mais dans les foirs d'hiver, quand vient fiffler, le long
De ces gouffres béants, le fauvage aquilon,
     On doit trembler comme la feuille!

II.

Offian.

Là, le torrent s'apaife & le Glen s'élargit ;
Ce n'eft plus le lion qui gronde & qui rugit
     Mordant les barreaux de fa cage ;

C'eſt un élan paiſible errant dans les prés verts,
Un ruiſſeau qui s'épand au ſoleil, à travers
    Un fertile & gras pâturage.

Dans la brume bleuâtre où ſe voile ſon front
Fingal a diſparu, Peb ſe montre ; ce ſont
    Partout des Alpes verdoyantes,
Où paiſſent les béliers à la blanche toiſon,
Où l'oiſeau fait ſon nid, où mûrit la moiſſon
    Aux belles gerbes ondoyantes !

Le torrent, fatigué de ſes chutes, s'endort
Et roule, déſormais, ſans bruit & ſans effort,
    Vers le lac, ſes ondes limpides !
C'eſt le ruiſſeau ſacré des héros de Morven,
Le Cona, qu'a chanté le vieux barde divin,
    Le chef des guerriers intrépides.

Là naquit Offian ; c'eft là qu'il a vécu ,
Et c'eft là qu'il revint mourir, trifte & vaincu ;
    Il s'eft affis à cette place ;
Les échos de ces monts ont retenti cent fois
Des accents douloureux de fa puiffante voix,
    Pleurant les malheurs de fa race !

Cette terre a nourri la blanche Malvina ,
La vierge aux yeux d'azur, au cœur bon, qui donna
    Au vieillard fon dernier fourire !
J'ai demandé leur trace aux grottes, aux fentiers,
Aux plus humbles coteaux comme aux fommets altiers,
    A l'onde où le ciel bleu fe mire !

Et j'ai foulé long-temps ce fol au fier afpeẟ ;
D'un faint enthoufiafme & d'un profond refpeẟ,
    Je fentais mon âme faifie ;

Il paſſait ſur mon front comme un ſouffle inſpiré ;
J'ai bu l'eau du torrent ſacré ; j'ai reſpiré
        L'air parfumé de poéſie !

III.

1692.

C'eſt la nuit ; les frimas couvrent d'un blanc manteau
Les crêtes ; on entend au lointain mugir l'eau
        Parmi les roches crevaſſées ;
Février hurle, au fond des grands ravins déſerts,
D'épais nuages noirs s'agitent dans les airs
        Et raſent les cîmes glacées !

Quelques pauvres maiſons, aſſiſes à l'abri
Du bouleau friſſonnant, du ſaule rabougri,
        Dorment en paix dans la nuit ſombre ;

A peine çà & là, comme un regard furtif,
Par un volet mal clos, gliſſe un rayon craintif
  Qui va ſe perdre au ſein de l'ombre !

Tout à coup un grand cri, ſiniſtre, déchirant,
Cri lugubre, pareil au râle d'un mourant,
  Éclate au milieu du ſilence !
Un long frémiſſement d'épouvante & d'horreur
Lui répond ; puis bientôt mille cris de terreur,
  De déſeſpoir & de vengeance !

Plus noirs que l'ombre dont ils ſont enveloppés,
Ainſi que des démons à l'enfer échappés,
  Et brûlants d'une ardeur ſauvage,
De hideux aſſaſſins, ſous les toits endormis
Pénètrent en rampant, & , lâches ennemis,
  Y font un horrible carnage !

C'eft comme un ouragan par le fol enfanté!
Chacun fe lève & fuit au loin, épouvanté ;
    Enfants chétifs & femmes nues!
Point de pitié, partout le fang coule à longs flots,
Les imprécations, les plaintes, les fanglots
    Montent, lugubres, vers les nues!

Et l'on entend fiffler les balles; le poignard
Fait fon œuvre; l'enfant meurt auprès du vieillard;
    Bientôt éclate avec furie
L'incendie, éclairant de blafardes lueurs
La vallée & les monts, victimes & tueurs
    De cette horrible boucherie!

D'où viennent ces brigands? que veulent-ils? pourquoi
Ces fureurs? — Ces brigands font les foldats du roi,
    Du grand roi Guillaume d'Orange...!
Ce voleur de couronne un jour était venu
De Hollande, difant : M'avez-vous reconnu,
    Anglais, c'eft moi qui fuis l'Archange?

Alors, ayant chaffé fon père, il avait pris
Son trône & les Anglais, dignes de tout mépris,
  Avaient falué fa puiffance!
Un pauvre clan d'Écoffe avait feul héfité,
Fidèle à fon ferment comme à l'adverfité,
  A lui jurer obéiffance.

Au fond de fon palais, le tyran irrité :
— Quoi! dit-il, j'ai foumis à mon autorité
  Ces Anglais, jadis intraitables;
Ils rampent à mes pieds, & quelques montagnards
Me réfiftent? Soldats, aiguifez vos poignards,
  Qu'on égorge les miférables!

Et quatre cents foldats, par Dalrymple envoyés
Vers le vieux Mac'Yan, s'affirent aux foyers
  Des Mac'Donald, qui les traitèrent
En hôtes qu'on eftime! Ils vécurent ainfi
Deux mois, puis une nuit, les lâches, fans merci,
  Fondant fur eux, les maffacrèrent!

Glenlyon commandait ces fuperbes guerriers

Qu'un roi fourbe & cruel changeait en meurtriers

    De vieillards, d'enfants & de femmes !

Dalrymple, Glenlyon, Guillaume! en vérité,

A l'exécration de la poftérité

    Il faut jeter ces noms infâmes... !

Ballachulifh, 5 feptembre 1865.

DE SORRENTE A CAPRI.

CECCHINA, montre-moi tes dents blanches, souris !
Tu ne reſſembles point aux filles de Paris
Qui s'en vont grelottant ſous le gaz, dans la boue,
En leur cage d'acier ! Toi, tu vis dans l'air pur,
Et le brillant ſoleil, enfant, comme un fruit mûr,
D'un incarnat ſplendide a coloré ta joue !

Un verre de Capri ! Je bois à ta ſanté !
Regarde-moi, tes yeux me verſent la gaîté !
J'aime cette mer bleue & ta lèvre vermeille !
— Bateliers, dix carlins pour le macaroni,
Ramez fort·& chantez..! — Cecchina, c'eſt fini,
Je n'irai plus jamais à Paris, je m'éveille !

On m'avait bien parlé d'un lointain Paradis
Où, quand par le trépas nos membres engourdis
Sécheraient dans la tombe, iraient vivre nos âmes
Dans la paix, la lumière & l'amour..! & voici
Que, vivant près de toi, je le rencontre ici,
Sur la terre embaumée & fous ce ciel de flammes!

Chère! tu crois en Dieu, n'eft-ce pas? un beau Dieu
A la barbe bien blanche & qui trône en haut lieu
Parmi les féraphins aux ailes diaphanes..?
Pourquoi te fignes-tu? pourquoi ces deux grands yeux
Effarouchés; pourquoi cet air tout foucieux?
Donne, je veux baifer la rofe que tu fanes!

De quoi donc as-tu peur? tiens, donne-moi la main,
Regarde! Dieu ne peut haïr le genre humain!
Eft-ce un maître implacable, eft-ce un tyran farouche
Qui fit ce ciel fi pur? va, bannis ton effroi;
Moi je l'aime à plein cœur: n'a-t-il pas fait pour moi
La flamme de tes yeux, les perles de ta bouche?

Evohé! tu fouris? Aime, chante, jouis;
Comme la Nymphe antique, à mes yeux éblouis
Découvre tes pieds nus & tes belles épaules!
L'air eft brûlant, ton œil eft plus brûlant encor;
Va, nous irons ce foir cueillir de beaux fruits d'or,
Et je te chanterai d'amoureufes paroles!

Qui donc es-tu, ma chère, Eucharis ou Circé?
Qu'importe! je me fens fi mollement bercé
Par ton amour que moi, moi, l'enfant du caprice,
Je veux refter ici, puifant la volupté
Sur ton fein! non, Circé n'avait pas ta beauté,
Et moi je n'aurai pas la fageffe d'Ulyffe!

Qu'il fait bon vivre à deux fur ces bords enchantés,
Tout ruiffelants d'azur & de molles clartés!
Océan, Terre & Ciel, vois donc: tout eft en joie!
Pouzzoles & Baïa dorment nonchalamment
Au fond du golfe bleu, tandis que fièrement
Aux rayons du foleil le Solaro flamboie!

Que ton pays eſt beau, que ton regard eſt doux,
Fille de Procida! Sais-tu bien que chez nous
Le ciel pleure ſouvent & qu'à travers les branches
Des arbres dépouillés, le ſiniſtre aquilon
Hurle des mois entiers ; que ſur chaque vallon
La neige friſſonnante étend ſes nappes blanches?

Sais-tu qu'en foule on voit, ſe courbant ſous le fouet
D'un démon qui les raille & ſe faiſant le jouet
De déſirs inſenſés, des hommes, au front blême,
Uſer toute leur vie à ramaſſer de l'or,
Et mourir, épuiſés, auprès de leur tréſor
En priant un faux Dieu qu'ils ont nommé : Barême?

Tes cheveux vont flottant ſur tes beaux bras nerveux..!
— Nos femmes ont des bras grêles, de faux cheveux,
De faux appas! Sans ceſſe, on les voit occupées
A farder leur viſage, à compoſer leurs traits ;
Et, croyant rendre ainſi leurs charmes plus parfaits,
Se vêtir de clinquant, ainſi que des poupées !

G*

L'art chaffe la nature, on ne devine plus
Sous ces brillants chiffons, fous cet amas confus
De foie & de velours, odieux édifices
Que dreffent, à grands frais, de trop habiles mains,
Les formes d'un beau corps & des membres bien fains!
— Toi, tu n'as pas befoin de tous ces artifiçes!

Vois, là-bas, fur l'azur étincelant des cieux
Ifchia profilant fes contours gracieux,
Et l'antique Mifène & Nifita la blonde;
Vois, la brume légère à peine étend fur eux
Un voile tranfparent, limpide, lumineux,
Eftompant leurs fommets que le foleil inonde.

Ainfi, vers toi penché, j'aperçois dans l'azur
Se profiler ton fein au galbe chafte & pur!
Belle & forte! je t'aime, ô noble créature!
Ta tunique révèle un corps jeune & charmant,
Ton front, une âme fière! Oui, je t'aime ardemment,
L'art faux n'a point, en toi, çorrompu la nature.

Sens-tu les doux parfums qui viennent juſqu'à nous
De la terre ? Mon front bercé ſur tes genoux
S'alourdit : Je m'endors ! Je veux dormir ſans rêve !
Dis-moi, quel rêve peut ſurpaſſer en beauté
Les charmes pénétrants de la réalité ?
Souris, & qu'à tes pieds ma vie ainſi s'achève !

Naples, 10 avril 1866.

AU CAPITOLE (1).

« Tu regere imperio populos, Romane, memento,
« Parcere fubjeclis & debellare fuperbos ! »

VIRGILE.

I.

JE demeurai longtemps ému, filencieux,
Recueilli, contemplant ces deux noires ftatues,
Ces grands captifs aux fronts fombres & foucieux,
Héros infortunés des races abattues !

---

(1) On voit dans la cour du Mufée des Confervateurs,
au Capitole, deux ftatues de rois barbares, en marbre
verdâtre, & entre les deux une ftatue fort belle de Rome,
affife. C'eft la vue de ces trois objets d'art, ainfi groupés,
qui a infpiré ces vers.

Ils font là, poings liés, farouches, confternés ;
Leurs mufcles font gonflés, leur barbe fe hérifle ;
Au char de leur vainqueur ils vont être enchaînés ;
Ah ! que le fol plutôt s'ouvre & les engloutifle !

La honte les dévore, & pourtant leur fierté
Les fait refter debout , défiant l'infortune !
On fent de quels penfers leur cœur eft agité,
On lit en leur regard un monde de rancune.

Ainfi, deux grands taureaux des Abruzzes, courbés
Sous le joug qui les blefle , indignés, fe roidiffent !
Ils ont été vaincus, mais ne font point tombés ;
Leurs yeux lancent l'éclair & leurs membres frémiffent !

Malheur à l'imprudent qui les a condamnés
A ces hontes s'il vient à faiblir , on devine
Qu'il fera broyé par ces titans déchaînés ,
Au pied terrible, à large & robufte poitrine !

II.

Entre les deux eſt Rome, aſſiſe en ſon orgueil,
Le ſceptre en main, au front la couronne murale,
Les ſeins gonflés du ſang qu'elle a répandu, l'œil
Sec & dur; ſuperbe en ſa robe triomphale!

III.

On regarde ces trois images qu'un haſard
Sous ce même portique a, ſans doute, aſſemblées,
Et l'on ſonge! & ſoudain apparaît au regard
Ce grand paſſé ſi plein de ſplendeurs écroulées!

Ici même battait le cœur libre & puiſſant
De cette Rome antique ! Ici, le Capitole,
Épouvante & reſpect du monde frémiſſant ;
Ici retentiſſait l'éloquente parole

Des Gracques, des Brutus, des Caton, des Sylla,
Des Cicéron ! Là-bas eſt la rampe immortelle
Que graviſſaient les chars de triomphe ! Voilà
Le ſol où ſe dreſſait la fière citadelle !

Tout près eſt le Forum, déployant au ſoleil
Le marbre étincelant de ſes temples ; la foule
S'y déroule & s'y heurte avec un bruit pareil
Au bruit de l'Océan agité par la houle !

Le noble, l'impoſant, l'or, le marbre, l'airain... !
La griffe du lion a marqué ſon empreinte !
On ſent que là demeure un peuple ſouverain,
Que cette ville eſt forte, & redoutable & ſainte !

IV.

Illufion! palais, temples, tout eft détruit!
Un orage a paffé terrible! les jours fombres
Sont venus; le filence a remplacé le bruit
Et ce n'eft plus partout qu'un monceau de décombres!

Du fein de ces débris longtemps accumulés
S'élèvent çà & là des colonnes fuperbes,
Et fur les murs croulants des temples mutilés
Se balancent, au gré du vent, de longues herbes!

L'immenfe Colifée, où cent vingt mille voix
Retentiffaient, n'eft plus qu'un trifte & froid fquelette
Décharné, vafte, nu, défert peuplé de croix
Profilant au ciel bleu fa morne filhouette!

Rome eft morte, fon fol a difparu, caché
Sous un entaffement de ruines énormes ;
Cadavre gigantefque, au fépulcre couché,
Dont on n'entrevoit plus que des reftes informes !

Et pour la reconftruire on interroge en vain
Les vallons tourmentés, la plaine, les collines…!
Comme des champignons fur un fumier malfain,
Des mafures partout ont furgi des ruines !

Et l'on s'en va, le cœur plein d'angoiffes, ferré,
Chaffant l'illufion qu'on avait pourfuivie !
Rien, c'eft un cimetière à demi déterré
Où quelques os épars rappellent feuls la vie !

V.

C'eft qu'un jour cette Rome illuftre, dont la main
Sur l'Univers entier s'était appefantie,

Dont la loi s'impofait à tout le genre humain,
De l'Afrique brûlante à la froide Scythie,

Cette Rome, pliant fous le fardeau pefant
De fon propre pouvoir, corrompue, amollie
Par les honteux excès d'un luxe malfaifant,
Laiffa tomber le mors de fa main avilie !

Le cheval fe cabra furieux, mal dompté !

. . . .

Alors, comme elle avait méprifé la juftice,
Comme elle avait aux pieds foulé l'humanité,
Dieu commença pour elle un trifte & long fupplice !

Les peuples qu'elle avait fi longtemps opprimés,
Dont la fureur couvait implacable & cruelle,
Les barbares, pareils à des loups affamés,
La voyant faible enfin, fe ruèrent fur elle !

Et la ville égoïfte à laquelle il fallait
Des fpectacles, de l'or, des dépouilles opimes,
Qui, par cent mille voix, dans les cirques hurlait
Aux cris de défefpoir, aux râles des victimes,

Cette ville au cœur dur, qui, du monde, voulait
Faire un champ exploité pour fes plaifirs atroces,
Qui riait quand le fang des efclaves coulait
Sous la dent des lions & des tigres féroces!

Cette ville plus bas que la honte tomba!
Car, pendant trois cents ans dura fon agonie!
Sous les coups du Vandale elle ne fuccomba,
Qu'après avoir tout bu, jufqu'à l'ignominie!

Comme elle avait été cruelle & fans pitié,
Le vainqueur, à fon tour, pour elle impitoyable,
Dévafta fes palais, la broya fous fon pied,
Et fit de fes enfants un maffacre effroyable!

Et ce n'eſt plus qu'un nom & qu'un aſtre éclipſé !
L'ortie & le chardon croiſſent ſur ſes portiques ;
Et ſon peuple végète, oublieux du paſſé,
Oublieux des grandeurs & des gloires antiques !

Et c'eſt juſtice, car elle avait inſulté
La conſcience humaine ! il convient qu'elle expie
Dans l'aviliſſement ſa longue iniquité ;
Ainſi devra périr toute puiſſance impie !

Rome, 16 avril 1866.

TABLE.